平岡陽明
Hiraoka Yomei

夢見る探偵
高宮アスカ

# 眠る邪馬台国《やまたいこく》

中央公論新社

# 眠る邪馬台国

夢見る探偵 高宮アスカ

# （1）

今朝《けさ》も家の階段から落ちる夢を見た。

階段から落ちると、どこか得体の知れぬ底へ転落してゆき、そこで妻が待っている夢だ。私は目覚めると、やれやれとベッドの上で溜息《ためいき》をついた。

たとえ夢の中でも、妻に会えるのは嬉《うれ》しかったが、こうも同じ夢ばかり見るのは気味がわるい。おまけに妻が一言も口をきかないところまで毎度同じだ。

私はリビングへ行って水を飲み、トーストを一枚焼いてかじった。そして着替えを済ませ、ネットニュースを読みながら出社時刻がくるのを待った。

7時45分。サイドボードの妻の写真に向かって、

「行ってくるよ」

と告げた。毎朝の儀式だ。夢はいつも家に置いていくようにしている。

新聞社の文化部という所には、職員室のような雰囲気がある。

子供のころ、職員室のドアを開けると、そこだけ異質なゆったりした時間が流れているように思った、あの感じだ。緊張感がない訳ではない。しかし政治部や社会部の、切った

張ったという雰囲気からは程遠い。

私の文化部のデスクでは資料や論文が山をなしていた。優に1mはあるだろう。古代史を担当する25年のあいだに積み重なったものだ。角度によっては私の姿が見えないらしく、

「子供の秘密基地みたいですね」

「高宮《ミヤ》さんなら竪穴《たてあな》式住居のほうがふさわしいか」

「いっそのこと紙の山に〝高宮周二《たかみやしゅうじ》〟って表札を出したらどうですか」

などと若手に冷やかされた。そういうとき私は「あと2年もすれば、定年でこの紙の山ともオサラバさ」と返すようにしていた。すると言われた方は、妙にしょんぼりする。定年は会社員に平等に訪れる寿命宣告みたいなものだから、みな思うところがあるのだろう。

この日は朝から古墳シンポジウムの原稿に取りかかっていた。午前中には脱稿する予定だったが、筆はなかなか進まなかった。

シンポジウムは発言者が多いから、紙幅内にまとめるのは容易でない。出席者のほとんどが長年の知り合いであり、誰の発言を採り、誰の発言を削るかにも神経を使う。みな、学界の重鎮なのだ。

若い頃は、力でねじ伏せるような気持ちで原稿用紙に向かった。それくらいのつもりで臨まないと、無限の可能性がある文章というものに、ピリオドを打つことができなかったからだ。

100点満点の記事を書けたことなど一度もない。よくて95点だ。若い頃はそれが不満だったが、今では思うように綴《つづ》れない苦しみも、どこかで楽しんでいる自分がいた。こんなふうになるまで数十年を要した。そうなった途端に定年を迎えるなんて、世の中、つくづく上手《うま》くいかないものだなぁ、と文化部の天井のシミを仰いだ。

このシミとも、もう10年来の付き合いになる。初めて気づいた時はもっと小さかったが、年輪のように毎年1㎝くらいずつ大きくなってきている気がする。それを成長と捉えるか、老いの刻みと捉えるか。

定年は会社員としての葬式だ、とも言うが、本当にそうだろうか。自分の葬式に出たことはないから、よくわからないが、会社を去ることになったら一抹の寂しさを覚えることは確かだろう。しかし、「60歳で強制的に退職させるのは年齢差別だ」という意見に与《くみ》する気にもなれなかった。とりとめのない人生に、やはり外から与えられる「、」や「。」は必要だからだ。

天井のシミを見ながら、そんなことをぼんやり考えていたら、

「高宮さん、ちょっと早いけどランチ行きましょう」

と紙の山の向こうから声がした。総務部の里見《さとみ》桜子《さくらこ》だ。

「お、もうそんな時間か。行こう行こう」

私はどことなく救われたような気持ちで席を立った。今日は彼女と二人きりの月例ランチの日だった。これも勤め人にとってたいせつな「、」や「。」である。

会社を出て、このところ月例ランチの定番となっている「しば浜」へ向かった。二人とも海鮮丼を注文したあと、私はおしぼりを使いながら、

「まだグルテンフリー生活を続けてるの？」とたずねた。

「当《あ》ったり前じゃないですか」

里見は南方的なぽってりしたまぶたを極限まで開き、

「小麦粉は死に至る白い粉ですから。覚醒剤《かくせいざい》と同じですよ」

と、いつものようにメダカの話をクジラの話に繋《つな》げるような大袈裟《おおげさ》なことを言った。

「いま、全国のパン屋さんを敵に回したことに気づいてる？」

「ははは。ちょっと言い過ぎました。わたしのは〝なんちゃってグルテンフリー生活〟なんで。グルテンフリーといえば、こんど〈和菓子を愛《め》でる会〉を立ち上げることになったんですが、高宮さんもご一緒にいかがです？」

「また？　これで何個目？」

「えーっと。14個目くらいですかね」

里見は社内でいくつも同好会を主宰していた。私が知っているだけでも、〈十割蕎麦《そば》を食べ歩く会〉〈画数占いの会〉〈小麦粉をつかわない意識高い系のカレー屋さんを応援する

会〉〈幸せになった保護猫をSNSで見つけてきて拡散する会〉などがあった。

半数ほどが食べ歩きの会であることからもわかる通り、里見はふくよかな体型をしていた。私のちょうど一回り下だから46歳になるはずだ。

最近ディズニー行けてないなぁ、と里見がボヤいた。小学生になる娘さんと年間パスポートを持っているという。「どれくらい？」とたずねると、「2ヶ月」という答えが返ってきた。

「今年はぜんぜん元取れてないから、来月あたり有休使って泊まりがけで行ってやろうかしら」

「学校はどうするのさ」

「学校とディズニー、どっちが大切だと思ってるんですっ！」

いつも明るい里見ではあるが、7年前に夫を亡くしたときは気の毒なほど痩《や》せてしまった。

ちょうど文化部で彼女と机を並べていた時期で、当時は同情したものだが、2年前に私にも同様のことが起こった。

そのことを知った里見が、この二人きりの〈未亡人の会〉を秘密裏に立ち上げてくれたのだ。こっそり結成したのは、むろん「未亡人」が差別用語だからだ。わざわざその言葉を会の名に冠したのは、われわれの社会人としての遅れてきた反抗期によるものだろうか。

里見はシングルマザーになってから、自ら希望してバックヤード部門に移っていた。私は妻を亡くしたあとすべてが空《むな》しくなり、発作的に会社を辞めようと思ったことがあった。そのとき全力で止めてくれたのが里見だった。今では辞めなくて良かったと思っている。味気ないことも多い会社員生活で、彼女のような同僚に恵まれたことは僥倖《ぎょうこう》と言わねばなるまい。

さて、わが秘密結社の主な任務は、世間話と社内の噂《うわさ》話である。

私はその任務を遂行するべく、「早期退職の募集はどうだったの？」と声を潜めてたずねた。不景気による人員削減は、わが社の通常運転になっていた。

「やっぱり辞めて欲しくない人ばっかり応募してきますね。会社は雇用延長の件もどうにかしたいみたいだけど」

「どうにかって？」

「さあ。要するに減らしたいんでしょうね」

「ふーむ」

と私は腕を組んだ。雇用延長という言葉はどうも好きになれなかった。お情けで雇ってやっているという感じが、半袖から覗《のぞ》くタトゥーのように露骨なのだ。

運ばれてきた海鮮丼には、豊洲《とよす》市場で買いつけ大ぶりに切られた魚介が、いつものように惜しみなく盛られていた。里見が私の小皿にも醤油《しょうゆ》をさしてくれた。

「ありがとさん」

「どういたしまして。ところで最近もまだ、奥さまの夢をご覧になるんですか？」

「ああ。ちょうど今朝も見た」

「例の、階段から落ちる夢？」

「そうだ」

「わたしは夢ってほとんど見ないから分からないけど、夢のレパートリーって案外少ないんですね」

「どうだろう。俺だけかもしれないが。夢で思い出したけど、俺にはアメリカで夢と睡眠の研究をしているアスカって甥《おい》っ子がいるんだ。ジャニーズ系だぞ。見るか？」

私は答えを待たずに、スマホでアスカの写真を探し始めた。里見は「おじさんってすぐ気軽にジャニーズ系とか言うから……」とぶつぶつ文句を言った。多趣味な彼女ではあるが、魂の1丁目1番地はジャニーズだという。娘さんと、何とかというグループのファンクラブに入って、追っかけをしているそうだ。

「だいたいジャニーズ系がそこらへんに……おるやん！」

スマホを受け取った里見が叫んだ。してやったり、と私は北叟笑《ほくそえ》んだ。

「ふふふ。だろ？」

「アスカくんとおっしゃいましたっけ。お幾つになられたんですか」

「29だったかな」

「ミックス？」

「そう。母親がアイルランド系の言語学者でね。で、父親が俺の兄貴」

「高宮さんのお兄さんって、世界的な神経学者でしたっけ」

「うん」

「高宮さんとお兄さんって、さぞかし似てないんでしょうね」

「ほっとけ」

「だってアスカくん、目のキラキラ感が半端ないじゃないですか。これはお父さん似？お母さん似？」

「さあ、どっちだろう。ともかく物心ついた頃から好奇心の塊のような子でね。気になったことはなんでも訊《き》いちゃうんだ。あれは5歳くらいの時だったかな。ホームレスに『なんでおじさんは公園で暮らしているの？』って訊いて、『人生に失敗したからや！』って、これ以上ないほど率直な答えを引き出してしまってね。翌日、アスカはお小遣いで食パンを買って届けたんだよ」

「優しい……」

里見は慈愛にみちた眼差《まなざ》しでスマホの写真を見つめ、「アスカくんのエピソードをもう一丁お願いします」と言った。

「そうだな……、あれは7歳の頃だったか。夏休みの自由研究でメダカの生態を調べていたんだ。アスカは夕方くらいから水槽の前を動かず、晩ご飯もそこで食べた。そして翌朝までその場所にいたんだ」

「ひと晩じゅう、メダカの観察をしていたってこと?」

「ああ。もちろん途中で力尽きて寝ちゃったけど、本人はそうするつもりだったんだろうな。アスカの母親は『この子にはcurious《キュリアス》なところがある』と言ったものだよ」

「つまり?」

「奇妙ってことだ。strange《ストレンジ》だと単なる奇妙だけど、curiousには『知りたがり屋』とか『好奇心が強い』って意味もあるんだって。なるほど、アスカにぴったりだと思ったね。

妻にこの話を伝えたら、『アスカはキュリーちゃんなのね』って喜んでね。ほら、うちは子供がなかったから、妻はアスカのことを溺愛していたんだ。妻はしばらくアスカのことを『キュリーちゃん』って呼んでいたよ。アスカはキュウリが大の苦手だったんだけどね」

「ふふふ、可愛い。アスカくんキュウリが苦手なんですね。ほかに苦手なものは?」

「つぶつぶ。魚卵とか、水玉とか、あの手のやつ。ぞわっとするんだって」

「へー。変わってますね」

「ま、もとが神童だからな。やっぱり常人には理解できんところがあるよ。向こうでの暮らしも長いし」

「どれくらい行ってるんですか」

「8歳のときに、父親の研究の都合でボストンに移住した。高校でいったんこっちに戻ってきたけど、また大学から向こうでスタンフォードに入ってね。そのままあっちで研究者をやってる」

「カッコいいですね」

「ああ、カッコいいんだ」

「高宮さんってば叔父《おじ》バカだったんですね。知らなかった。てゆうか、そんなイケメンカードをお持ちなら、さっさと出してくれれば良かったのに」

ふと、里見の手の爪に目がいった。オレンジと黒のデザインで、「それ、ハロウィンか？」と訊《たず》ねると「あ、気づかれました？」と嬉しそうに自分の指先を見つめた。里見はネイルの季節感を大切にする人で、夏には砂浜と海をモチーフにしたネイルをしていた。

早いものだな、と私は小さく吐息をついた。

妻が亡くなったのは、ちょうどハロウィンの日だった。夕方、テレビニュースで一緒に渋谷《しぶや》の大混雑を見て、

「いつのまにか日本にも根づいてきたね」

と話したそのあと、妻は「ちょっとスーパーまで行ってくる」と出かけて、そのまま帰

らぬ人となった。脳溢血《のういっけつ》だった。

妻を亡くしてから半年ほどは、ほとんど記憶がない。仕事はなんとかこなしていたが、そのうち寝つきが悪くなった。結婚してから妻と27回の春夏秋冬を過ごしてきたので、一人ではどうやって過ごせばいいか分からなかった。パニック障害のような症状が出て、メンタルクリニックを訪れたら、うつ病と診断された。

季節がひと巡りするまでは特に辛《つら》かった。

妻のいない季節が2周目に入ると、どうにか睡眠薬の世話にならず眠れるようになった。階段から落ちる夢を頻繁に見るようになったのは、その頃からだ。

「こんどアスカに会うから、夢の相談をしてみようかな」

私が何気なく漏らすと、

「えっ？　なんで？　どうして？　どこで？　ずるくないですか？」

と里見が五つほどのクエスチョンマークをぶち込んできた。

「別の甥っ子の結婚式があるんだ。それに合わせて帰国するんだって。ちなみに俺たち、隣の席なんだ」

「わたしを羨ましがらせてどうしたいんですか」

「サインでも貰《もら》ってきてやろうか」

「サインは結構ですが、よろしくお伝えください。アスカくんのファンのお姉さんがいるよって。これは未亡人の会の会長からのミッションですからね。ちゃんと伝えてくださいよ」

「はいはい」

海鮮丼を食べ終えて会社に戻ると、S教授からメールが届いていた。長年の付き合いがある古代史の重鎮で、先日の古墳シンポジウムの主催者の一人だった。

S教授はメールで、シンポジウムの取材への礼を述べたあと、「あの件についてもよろしくお願いします」と記していた。

あの件とは、

「定年退職したらうちの大学で講座を持ってみないか」

との誘いで、私は返事を先延ばしにしていた。

というのも、条件に引っ掛かっていたからだ。その条件とは、1冊本を書いてくることだった。著書があれば招聘《しょうへい》の根回しがしやすいし、学生の教科書にもなる。テーマは邪《や》馬台国《またいこく》問題などの派手なものがいい、とのことだった。

私は自分に本が書けるとは思っていなかった。

これまで新聞社の名刺ひとつで、あらゆる専門家から話を聞いてきた。土器には土器界のボスがいたし、銅鏡には銅鏡界のボスがいた。彼らと良好な関係を保つことが私の仕事だった。おかげで学界の空気を読むクセが身についた。記者らしく不偏不党であったといえば聞こえはいいが、要は自分のアタマで物を考えてこなかったのだ。そんな私に、邪馬台国問題のような言い尽くされたテーマで本が書けるはずもない。

セカンドキャリアを用意してやろう、というS教授の厚意は有り難かった。しかし客寄せパンダを期待されるのはいささか荷が重かったし、お情けにすがるのも気が引けた。かといってすぐに断る勇気もなく、定年後の身の振り所としての魅力もやはりあり、それで返事を保留していたのだった。

## 2

結婚式は都内のホテルの大広間で行われた。

披露宴のテーブルにつくと、私はナプキンを膝に広げながら、「その節はご足労頂いたな」と、ごぶさたのアスカに、妻の葬式の時の礼を言った。

「いえ、そんな」とアスカはかしこまった。あのときアスカは休暇を取り、わざわざアメリカから駆けつけてくれたのだった。

「どうだい、研究のほうは」

「ばりばり進めてますよ」

とアスカが白い歯を見せた。青みがかった瞳と、母親ゆずりの栗色の髪が、ネイビーのスーツによく映えている。

「だけど夢学会ではフロイトに対する拒絶反応が凄《すご》くって。僕はフロイトの夢判断を現代に再生《リノベーション》したいと企《たくら》んでいるんですが、『あんなインチキ学説を相手にするのは時間のムダだよ』ってみんな囁《ささや》いてくるんです」

「ほう、フロイトはそんなに評判が悪いのか」

「それはもう。ほとんど詐欺師扱いする人もいるくらいです」

披露宴のテーブルでの会話としては、いささかアカデミック過ぎる気もしたが、いったいにわが一族には研究者やマスコミ関係者が多く、こうした話柄も奇異とまでは言えなかった。

ましてやアスカのことだから私が面食らうことはなかった。昔から法事などの集まりがあるたび、私はアスカ少年の「なんで？」「どうして？」「謎など出して」にいつまでも付き合ったものだ。

「それでは、乾杯の挨拶に入りたいと思います」

式場にアナウンスが流れ、われわれはスパークリングワインの入ったグラスを手に取った。そして無事に乾杯を済ませると、料理が運ばれてきた。しばしのご歓談が始まり、私が本を書くことを条件に、大学で講座を持たないかと誘われていることを話すと、アスカは「すごいじゃないですか」と目を輝かせた。「叔父さんなら本を書くなんてお手のものでしょう。書かれたらいかがですか」

「簡単に言ってくれるがね、先方からオーダーがあった邪馬台国問題は、日本史上最大のミステリーなんだぞ」

「そうなんですか⁉」

アスカが驚いたことに、私は逆に驚いた。

と同時に、やっぱりなという感想も抱いた。アスカは昔から好奇心の塊だったが、歴史への関心は薄かった。父親と同じく根が理系ボーイなのだろう。

それにアスカは、日本に戻っていた高校生のときは、英語で授業をおこなう都内のミッションスクールに通っていた。日本の古代史の授業などなかったに違いない。

「アメリカで暮らしていると日本のルーツについて訊ねられることがあって、最近すこし勉強しなきゃなって思ってたんですよ。で、その邪馬台国ってどこにあったと言われているんですか」

「畿内《きない》か九州さ」

「またえらく離れてますね。どうしてですか」

「すべて『魏志倭人伝《ぎしわじんでん》』という書物に由来する」

「あ、それ聞いたことある」

アスカがナプキンで口をぬぐいながら言った。

「読み方によって畿内説に有利に読めたり、九州説に有利に読めたりするんだ」

「それは面白そうだな。僕は夢学者だから、矛盾したものや多義的に読めるものに興味があるんです。ちなみに今はどちらが有力なんですか」

「学界的には9割5分がた、奈良の纏向《まきむく》遺跡で決まりといった雰囲気かな」

「根拠《エビデンス》は？」

「まず、邪馬台が『ヤマト』と読めそうなことだ。この場合、ヤマトとは大和《やまと》のことで、いまの奈良県を指す」

「それくらい僕でも知ってますよ」

　アスカがからっと笑い、私はすまんと謝ったが、アスカにとってどこまでが日本史の〝常識〟なのか測りかねた。

　そこへウェイターが来て、次の酒を何にするか訊ねた。私は白ワインを頼んだ。アスカはまだ結構ですと断ったあと、「続きをお願いします」と私に先をうながした。

「えーっと、なんだっけ。畿内説の根拠か。

　決定打は奈良で纏向遺跡が見つかったことだ。ここの遺物を放射性炭素年代測定法で測ったところ、最長で見積もって西暦１８０年から３５０年くらいの遺跡と判明した。ちょうど、邪馬台国がすっぽり収まる時代だ。魏志倭人伝が扱っているのが、だいたい西暦１７０年から２６０年くらいの間だからな。

　纏向遺跡の近くにある箸墓《はしはか》古墳も測定によって西暦２４０〜２６０年ごろにつくられたものと判明した。これも邪馬台国の女王である卑弥呼《ひみこ》の死亡時期とぴったり符合する。箸墓を彼女の墓と目する研究者も多い」

「纏向遺跡って大きな遺跡だったんですか」

「ああ。当時の日本で最大級の遺跡だったことは間違いない。おそらく中国の都にならって設計された街路をもち、祭祀《さいし》施設も整然と並んでいた。遺跡内には運河が張り巡らされ、大和川の水運を使えば大阪湾まで出ることができた。そこから瀬戸内海《せとないかい》をつたって行けば、朝鮮や中国にも渡れる。土器も東日本から西日本のものまでたくさん出る。つまり纏向遺跡が多くの地域と交流があったか、緩やかな支配下に置いていたと想定できる」

「なんか聞く限りでは、疑念の余地なしに思えますけど」

アスカが落胆の声を出した。少年時代も、答えがすぐわかる謎なぞを出されるとこんな声を出したものだ。私は失地回復すべく「ところが、そうじゃないという九州説も健在なんだ」とすこし声を張り上げた。「むしろここ最近は九州説が盛り返している印象すらある」

「へぇ。九州説の根拠は？」

私は運ばれてきた白ワインに口をつけてから解説を始めた。

「まず、邪馬台はたしかに『ヤマト』と読めそうだが、じつは山門《やまと》という地名は、当時の日本に、そこらじゅうにあった可能性がある。というのも、山門はおそらく水門《みなと》と対をなす言葉だ。水門とはさんずいの港のことで、水の玄関口を指す。つまり山門も山の玄関口を意味する一般名詞だった可能性が高い」

「海があれば港があるように、山があれば山門があったって訳ですか」

「そうだ。げんに昔は福岡にも大分にも熊本にも『やまと』という地名があった。とくに福岡県の旧山門郡は邪馬台国九州説の有力な候補地だ」

「つまり『山門』が現在の中区とか西区みたいに日本じゅうにありふれた地名だったら、邪馬台＝大和＝畿内説はすぐには成り立たないって訳ですね」

「そのとおりだ。そもそも古代中国音を正確に再現することは誰にもできん。邪馬台が本当に『ヤマト』の音写であったかどうか。まあ俺は『ヤマト』あるいは『ヤマド』で合ってると思うがね。

さらに九州説に言わせると、放射性炭素年代測定法は必ずしも正確とはいえない。数十年の誤差が生まれることはあるし、試料によって結果にばらつきも出る。だから纏向遺跡が確実に邪馬台国の時代と重なるとは言い切れない面もあるんだよ。

箸墓古墳についても、『日本書紀《にほんしょき》』には『倭迹迹日百襲姫命《やまとととひももそひめのみこと》の墓である』と記されている。そこには卑弥呼の卑の字もない。しかも魏志倭人伝にある卑弥呼の墓の描写とは、規模も造形も異なる」

「それだけ反論があっても、畿内説がいまだに95％の優勢を保っているんですか」

「ああ。それくらい纏向の発見は大きかったって訳だよ。でもあの遺跡には不思議なところもあってな。忽然《こつぜん》と現れ、唐突に終わったんだ。だから100年遺跡と呼ばれることもある。原因は不明だ。疫病が流行《はや》ったのかもしれないし、自然災害に襲われたのかもしれない」

そこへ魚料理が運ばれてきて、アスカが一瞬、怯《ひる》んだ。何事か、と皿を見て笑ってしまった。キュウリが添えられていたのだ。

「こほん」

アスカは気を取り直し、キュウリを丁寧によりわけ始めた。さすがは向こう育ちだけあって、ナイフとフォークの扱い方が上手い。

「あいかわらずキュウリが苦手のようだね、キュリーちゃん」

「あ、なつかしいな、その呼び方」

「妻がつけたんだけど、覚えてたか」

「もちろん。叔母《おば》さんには本当に可愛がって頂いたから」

「お前がボストンに行くと決まったとき、妻は2日も寝込んだんだぞ」

「その話聞くの、27回目です」

「ははは」

私は妻の話が出たところで、自分にもアスカに質問があったことを思い出した。

「ひとつ夢の話で聞きたいことがあったんだが、いいか」

「もちろん」

「じつは、家の階段から落ちる夢をよく見るんだよ。夢の中で『会社に遅刻してしまう』と急いでいて落ちる時もあれば、普通に降りていて踏み外す時もある。これってなんだろう？」

「典型的な反復夢のひとつですね」

「なんだそれ」

「世界中でたくさんの人が繰り返し見る夢のパターンです。何者かに追いかけられる。落下する。攻撃される。試験に落ちる。遅刻する。だいたいこのあたりが多いかな。

　こうした夢を見るのは、脳が心配性だからです。脳は寝ているあいだに、安全と生存に関するシミュレーションを行っているんですよ。来たるべき危機に備えてね。防災訓練みたいなもんです。だから反復夢の75％がネガティブな内容だと言われています」

「つまり俺の夢で言うと？」

「その夢を見るようになったのは、叔母さんが亡くなってからのことですよね」

　私はアスカの断定にすこし驚きつつも、「そうだ」と頷《うなず》いた。この甥っ子には何が視《み》えているのだろう。

「つまり叔父さんの〝無意識〟は、寝坊しても起こしてくれる人がいなくなったことを脅威に感じているんですよ。これがいちばん表面上の意味かな。

　だけど『遅刻』の意味を突き詰めていくと、最後は〝社会生活からの逸脱〟に行きつきます。つまり叔父さんの中に『自分はだんだん社会不適合者になってしまうんじゃないか』という恐怖心があるのでは？」

「んー……」

私はグラスに伸ばしかけていた手を止めた。

たしかにその通りかもしれなかった。妻を亡くしてからの私は、これまで築き上げてきたものすべてが幻のように感じられることが増えた。思い出はすべて押し流され、やがて無に帰するのかと思うと、むしょうに空しかった。

S教授によるセカンドキャリアの話だって、有り難いには違いない。だが心の何処《どこ》かで「そんなことをして何になる」と思う自分がいた。私の心はもう地位もお金も欲していなかったのだ。

しかし定年退職して、仕事もしなくなったら、昼間から酒を飲むような生活に入ってしまうのではないか、という危惧も、確かに私の胸に巣食っていた。夢の話ひとつでそこまで見抜いてしまうのだから、アスカはやはり大したものだと思った。

「じつはこの夢には続きがあってな」

私はワイングラスを手に取って続けた。

「階段から落ちると、3回に1回くらいは何処か深い所へ落下して、そこで妻が待っているんだよ」

「叔母さんが？」

アスカが目を見開いた。

「そしてなんとも言えない表情で、俺を見つめてくるんだ」

「言葉は？」

「喋《しゃべ》らない」

「一度も？」

「一度も」

「どんな様子です？」

「だから、なんとも言えない表情だ。少なくとも嬉しそうではない」

妻がいるのは決まって薄暗いグレーの空間だった。私は夢から覚めるたび、『記紀《きき》』に出てくる根の国、死者の国とはああいう場所を指すのかしらん、と首を傾《かし》げた。

「叔父さんは会ってどう思ってるんです？」

「あ、妻だ、と思ってる」

「自分が夢を見てることに気づいてますか」

私はすこし考えてから、「気づいてるときもあれば、気づいてないときもあるな」と答えた。「ともかく一度も口を開いてくれないんだよ。声を聞きたいんだがね」

「それはとても興味深い事象ですね。叔母さんは検閲官に黙らされているのかもしれません」

「なんだ、その検閲官っていうのは」

「フロイトが発明した概念です。フロイトは夢の中には〝検閲官〟がいて、自分にとって不都合なことや直視したくないことを検閲して歪《ゆが》めてしまうと言っています。叔母さんが喋らないのは、叔父さんの中にいる検閲官が何かを必死に隠そうとしてるからかも知れません」

「おいおい、穏やかじゃないな」

私は笑ってワインを口に含んだが、内心ではギクリとしていた。こんなふうに言われたら、誰しもそうなるだろう。

「検閲官は誰の中にでもいますからご安心を。べつに叔父さんの名誉に関わることじゃありません。でも、じつは僕が再生《リノベーション》したいフロイトの概念の一番手が、この検閲官なんですよね」

「ってことは、いまは廃れているのか？」

「ええ。先ほども言った通り、フロイトは全般的にいけてません」

「なんで流行らなくなったんだ」

「一世を風靡《ふうび》しすぎた反動かな。たしかにフロイトには根拠のない学説も多いですが、僕は睡眠中の人の中に〝検閲官〟は絶対にいると思う。それを現代にアレンジして甦《よみがえ》らせたいんですよ。いつかその本を書くのが夢です。そして最終的には、人が眠っているあいだに起きていること全てを解明したい」

「大きな野望だな」

「人は、眠るために生まれてくるんですよ。胎児のときはお母さんのお腹《なか》の中で眠り、生まれてからは3分の1をベッドで眠り、老いるとやがて永眠に入る。それが人という生き物です」

「昔から疑問なんだが、生き物ってなんで眠るんだ？　寝てるあいだに食われちゃうかも知れないじゃないか」

「いい質問ですね。睡眠の役割の一つは、ハウスキーピングにあると言われています。お店の掃除や模様替えは、閉店後にやるでしょう？　あれみたいなものです。寝てるあいだに傷ついた細胞を修復したり、消去したりします。子供は寝てるあいだにひと晩で2㎝も身長が伸びることがあります。

ふたつ目は記憶を整理するためです。僕らは日中知らないあいだに、膨大な量の情報と接しています。そして脳は見たものや聞いたもの全てをメモリーの中にいったん保存してしまいます。これをオフラインで整理するために、人は電源を切って眠りにつきます。人は2時間の情報に接したら、それを整理するのに1時間が必要だと言われます。われわれが人生の3分の1をベッドで過ごすのはそのためです。

そして脳は寝ているあいだに、必要な情報とそうでない情報とに仕分けをします。どうやらこのとき脳は弱い連想を働かせているらしいんですよ」

「弱い連想？」

「ええ。たとえば僕が昼間、歯科で痛い思いをしたとする。するとその晩、白い空間で、キュウリのフルコースを出される夢を見る。これが睡眠中の弱い連想です」

「よくわからん。どういう意味だ？」

「文字通り、よくわからんのです。おそらく脳は、日中の歯科における『痛い』『嫌だ』という感情からタグ検索して、僕の脳内にあるキュウリに辿《たど》り着いたと思われます。つまり睡眠中の脳は『〇〇と△△は一緒かもしれない』とつねに弱い連想を働かせているんです。なんのために？　その日に得た新情報を、すでにある脳内ネットワークと結びつけるためにです。新情報をどの記憶と結びつければ将来に活《い》かせるか。脳はいろいろ試しているんですよ。そして『これはいつか使えるかもしれん』となったら、脳内ネットワークの中に取っておきます。脳の持ち主には無断でね。この一連の過程で、シミュレーションとして夢を見ます。だから夢は一見、支離滅裂なものが多いんです」

「それって俺の妻の夢にも当てはまるのか？」

「ええ、おそらく。いま叔母さんは、叔父さんの中で眠っています。それを一緒に掘り起こしてみませんか」

「どういうことだ？」

「叔父さんの夢には〝奥〟を感じます。いつか僕がフロイトの検閲官について書くとき、症例として使わせて頂けそうな〝奥〟です。だからこちらにいるあいだに、叔父さんの夢についてカウンセリングさせて頂きたいんです」

すぐには話を呑《の》み込めなかったが、アスカの研究に資するなら私に異存はなかった。

「べつにカウンセリングはいいけど、どんなことをするんだ？」

「基本的には叔父さんの夢の経過観察です。だけど叔母さんの声を聞きたいなら、まず自分が見たい夢を見られるレッスンから始めるのもいいでしょう」

「そんなこと、できるのか」

「できますとも。で、最終的には、叔母さんの出てくる夢の正体を解き明かすのが目標です」

私はもう一度同じ質問を口にした。

そんなことできるのか、と。

「ええ。フロイトは言っています。夢を見た人は、その夢が何を意味するのかを知っている。だけど自分では知らないと思い込んでいるだけだ、と。夢が自分から自分への手紙と言われる所以《ゆえん》です。つまり叔父さんの無意識は、すでに叔母さんの夢の意味を知っている。だけど何らかの理由によって、それに気づかないフリをしているんです」

私は言い知れぬ不安に包まれた。いったい私が何を知っていて、何を隠そうとしているというのだ。

「フロイトはこうも言っています。夢とはその人の作品であり、自己表現でもあると。つまり夢を知ることは、自分を知ること。そのお手伝いをするのが夢カウンセリングです。きっと叔父さんにも新たな発見があると思いますよ」

「わかった。お願いするよ」

私は自分が何を知っているのか知りたかった。それにアスカが日本に滞在するあいだに、多くの時間を共に過ごせるのも歓《よろこ》びでしかなかった。

「その代わりと言ったらなんですが、叔父さんは僕に魏志倭人伝をレクチャーしてくださいませんか。僕を助手に任命して頂き、どこかに眠っている邪馬台国を一緒に掘り起こして、それを本に書くんです。そしたら叔父さんも堂々と大学に乗り込んでいけるでしょう？」

私はつい、笑ってしまった。どうやらアスカは、邪馬台国問題を巨大な謎なぞくらいに考えているらしかった。

「べつにレクチャーするのは構わんぞ。答えに辿りつく保証はできんが」

「じゃ、決まりですね」

アスカが手を差し出してきた。私は「ああ、商談成立だ」と握り返した。いつのまにか私のワインの色は白から赤に変わり、いい感じに酔いが回っていた。

「ところで話は変わるが、『お前は結婚しないのか？』って訊くことは、いまどき何らかのハラスメントに抵触するんだっけ？」

「ははは、ノープロブレム。お答えしますよ。パートナーならいます。メイと言って海洋生物学者です。イルカの研究をしています。一緒に暮らしていますが、籍は入れてません。『いまは形式に縛られる必要はないよね』ということで合意しています」

「そうか。それは何よりだ」

酔いも手伝って、私には二人の自由な発想がまぶしく思えた。29歳といえば、まだ人生に〝夢〟を見ることができる年齢なのだ。

「魏志倭人伝には、イルカは出てこないが、サメは出てくるな」

「へぇ、それは意外。じつはメイも一緒にこっちに来てるんです。僕らは1ヶ月ほど滞在する予定だから、機会があれば紹介させてください」

「ああ、ぜひ。会社へ寄ってくれてもいいし、うちに来てくれてもいい」

会場では友人たちの余興やスピーチが始まっていた。料理もメインディッシュの頃合いとなった。牛フィレのステーキを見たアスカが、

「ひっ！」

と声をあげた。またキュウリか？

「お、お、叔父さん。そ、それをどうにかしてください」

見るとキャビアが添えられていた。私はそれを自分の皿に移した。

「もう無くなりましたか」

「待て」

私は二人分のキャビアを胃袋におさめてから、「オーケーだ」と言った。

「ふーっ」

アスカが恐るおそる視線をこちらに戻した。

「強烈なんだな、こっちの反応のほうが」

「ええ。キュウリに対しては年々、大人らしい態度を取れるようになってきたんですが、つぶつぶに対してはどうも反比例の曲線を描いてまして。このぶんだと70歳になる頃には、スーパーで粒マスタードの瓶を見かけただけでショック死してしまいそうです」

「お察しするよ」

私はキャビアの塩っけに喉の渇きをおぼえながら、肩をすくめた。

## (3)

「で、アスカくんと高宮さんとで、交換講義をすることになったんですか?」

「そうだ」

「二人とも本を書くために?」

「ま、そうなるのかな」

「いいなぁ」

　里見が羨ましそうに言った。午後の社食でばったり出くわし、未亡人の会の主任務である世間話が発動したのだった。

「わたしもアスカくんに夢を診《み》てもらいたいです」

「あれ、夢はほとんど見ないって言ってなかったっけ?」

「これから頑張って見るんじゃないですか」

「ははは。でもそれ、あながち無理じゃないらしいよ。アスカが言ってた。初回は自分で見たい夢が見られるようになるレッスンから始めましょうって」

「なにそれ。マジシャンみたい。面白そう」

「それで俺の方は、魏志倭人伝の成り立ちから説明することになってね。今日が初回なんだよ」

アスカたちの泊まるホテルはうちの新聞社から歩いて行ける距離にあった。里見にそのことを告げると、「あ〜、アスカくんが徒歩圏にいると思うとなんか緊張する〜」と両腕をクロスして自分の肩を抱いた。幸せな気質《たち》なのだ。

「でもアスカくんクラスの天才なら、１ヶ月で邪馬台国の場所がわかっちゃうんじゃないですか」

「むりむり」

私はすこし虚無的な笑みを浮かべて手を振った。

「これは謎なぞとは訳がちがうんだ。逆に言えば史上最高の謎なぞかな。うん、そうだ。天の配剤によって偶然うまくできちまった謎なぞの最高峰だ。それよりも、できたらアスカたちに美味《うま》い店を教えてやってくれないかな。こっちにいるあいだに幾つか食べに行きたいんだって」

「えっ、たいへん。今晩会うんですよね？　すぐリスト作らなきゃ。わ。こうしちゃいられない。ご馳走《ちそう》さまでした」

「いや、別に今日じゃなくても——」

私の言葉も終わらないうちに、里見は風のように去っていった。

そして２時間後——。

里見は美食リストを持って私のデスクに現れた。ご丁寧に〈里見シュラン㊙〉と表紙がつけてある。疲れが滲《にじ》んでいるところを見ると、あれからこの資料の作成だけに時間を費やしたのは確実と思われた。上司に睨《にら》まれなかっただろうか。私はぱらぱら捲《めく》り息を呑んだ。ジャンルごとに推薦店と一口コメントが添えられていた。

寿司
「銀座《ぎんざ》　あおはる」（予算一人あたり10000〜15000円）
流行りの赤酢のシャリのバランスが最高。お任せでお腹いっぱい食べてもバカ高くならないので安心。カウンターが広くて清潔。席の間隔が広いのも高ポイント。天然マグロが甘くて美味《おい》しい。お仕事系のネタも good。お土産《みやげ》の太巻きは must だが、刻みキュウリが入っているので要注意。

天ぷら
「芝公園　すずもと」（予算一人あたり13000円ほど　＊一人ビール2杯で換算）
季節の野菜コースがおすすめ。お刺身やデザートや焙《ほう》じ茶《ちゃ》まで美味しい。締めにお茶漬けが出てくるので（これがめちゃくちゃ美味しい）、胃袋のスペースを残しておくこと。お土産に天むすあり。夜中に小腹が空いたころ食べると、しっとりしていて罪悪感を吹き飛ばすほどの美味しさ。

こんな感じで、フレンチ、すき焼き、うなぎ、焼き鳥、ラーメン、蕎麦、お好み焼き、甘味処といったＡＢＣグルメをすべて網羅していた。

「いや、すごいね。太巻きのキュウリ情報まで入ってるじゃない」

「電話して確認しました」

「なんと……。ありがとう。このまま本にできそうだな。さすが食べ歩きの女王だ」

「失礼な。美食の未亡人と呼んでくださいます？」

「これは失敬。メルシー、マダム。コピーして俺用にも保存させてもらうよ」

「門外不出でお願いしますね」

里見はひと仕事終えた西部劇のヒーローのような背中を残して立ち去った。

私はレクチャーの準備を始めた。まずは魏志倭人伝を２部コピーし、資料や地図のたぐいも用意した。デスクにあった『古事記《こじき》』と『日本書紀』の文庫本もカバンに入れた。アスカにプレゼントするつもりだ。

ホテルに行くと、アスカはラウンジで珈琲《コーヒー》を飲みながら待っていた。

「待たせたな」

「いえいえ。お仕事お疲れ様でした。何か召し上がりますか」

「とりあえず珈琲で結構だ。早速始めるか」

お願いします、とアスカがノートを広げた。私は魏志倭人伝のコピーを1部手渡した。

「原文は2000字に満たないが、それゆえに謎が深いとも言える。読み始める前に、テキストの成り立ちについて解説しておこう。

魏志倭人伝の正式名称は、『三国志』の『魏書』の中にある『烏《う》丸《がん》鮮《せん》卑《ぴ》東《とう》夷《い》伝《でん》』の『倭人条』だ。これでは長いので、日本人は昔から魏志倭人伝と呼び慣《なら》わしてきた。著者の陳《ちん》寿《じゅ》は西暦233年生まれ。三国志の英雄、劉《りゅう》備《び》や諸葛孔明《しょかつこうめい》が建国した蜀《しょく》の出身だが、知ってるか？」

「三国志なら子供のころ漫画で読んだことがあります」

「横山光輝《よこやまみつてる》の『三国志』だな。だがあれは明《みん》代に書かれた『三国志演義』という通俗小説を元ネタにしてるから、劉備や孔明が善玉で、曹操《そうそう》は悪玉だっただろう？　だけど陳寿が書いた正史三国志は魏が正統王朝なんだよ」

「へぇ、それは知らなかったな。漫画の中の曹操は憎たらしいくらいのヒールでした」

「卑弥呼は陳寿が生まれた5年後に魏に使いを出している。つまり二人は同時代人だったことになるが、これは凄いことだぞ。なぜなら中国の史書は、その国が滅んだ次の政権で書かれるのを常とするからだ。場合によっては数百年後に書かれたものもある」

「どうしてですか」

「自画自賛だらけの歴史書を誰が読みたがる？」

「なるほど」

「陳寿はお前と同じように神童だったそうだ。幼くして『史家としての才能をすべて備えている』と言われ、年頃になると有名な歴史家の門戸を叩《たた》いて弟子になった。そこで歴史書の『春秋左氏伝《さしでん》』や、司馬遷《しばせん》の『史記』、班固《はんこ》の『漢書《かんじょ》』などに精通した。

ただしガチガチの秀才タイプではなかったようだ。父親を亡くしたときは悲嘆のあまり泣き暮らして、仕事が手につかず、召使いに薬代を借りるまで落ちぶれたという。世渡りもヘタだった。蜀が滅んで、晋《しん》の時代に入ってからも役人としてはウダツが上がらない時代が続いた。

ところがある日、陳寿の書いた文章が晋の皇帝の目に留まった。皇帝はあまりの素晴らしさに驚嘆して、陳寿を歴史編纂《へんさん》の補佐官に任命した。そこで陳寿は三国志の著述にとりかかった。

ここで大切なのは、陳寿が晋の役人という立場で三国志を書いたことだ。晋とはどんな国か？　それは魏の曹一族から、家臣の司馬一族が政権を簒奪《さんだつ》した国家だ。表向きは『禅《ぜん》譲《じょう》』というかたちを取ったがな。

つまり先ほども言ったとおり、陳寿は魏を漢の正統な後継王朝と見なす立場から三国志を書いた。それが魏から王朝を受け継いだ晋の正統性につながるからだ。これは魏志倭人伝の——というよりも三国志全体の性格に関わることなので頭の片隅に置いておくといいだろう。

三国志の時代を一言で表現するなら、〈天下耕さざること二十余年〉〈鶏犬尽き、民人相食《あいは》む〉と言われた乱世だ。陳寿はそれを見事な筆致で書き上げた。ちょうど同じころ夏侯湛《かこうたん》という人物が魏の歴史について書いていたが、陳寿の魏書を読んで自分の原稿を破り捨てたそうだ」

「それくらい、いい出来栄えだったんですね」

「ああ。三国志は名著の誉《ほま》れが高く、陳寿は大いに文名を揚げた。しかし、ぶきっちょは直らず、不遇のうちに65歳で生涯を終えた。

三国志は魏書30巻、蜀書15巻、呉《ご》書20巻の合わせて65巻から成っている。魏志倭人伝はその中でどんな位置を占めるか？　一言でいえば、刺身のツマですらない。魏書の中ではぽケツっぺたに置かれ、分量も少ない。ちくま学芸文庫に入っている三国志の完訳本は文庫で400～500ページのものが8巻ある大著だが、『倭人条』は注釈を入れても10ページに満たない」

「ずいぶん粗末な扱いですね」

「当時の中国宮廷から見れば、倭国なんてその程度の存在さ。けれども学者の中には『倭人伝は必ずしも粗末な扱いではない』という人もいる。たしかに東夷伝の中では文字数が多いほうだし、ほかの国の記録より出てくる人名も多い。好意的な内容の記事もある。中華意識を持った中国人が東夷を誉《ほ》めるなんて滅多にないことなんだ」

「魏志倭人伝は日本では古くから知られていたんですか」

「ああ。なにせ日本の2〜3世紀に関する文献史料はこれしかないからな。自分たちの手になる史書『日本書紀』や『古事記』ができるのは、これから500年もあとのことだ。あ、そうだ。忘れないうちにこれを渡しておこう」

　私はカバンから2冊の文庫本を取り出した。

「古代史について学ぶなら、やはり記紀は一度は読んでおかんとな」

「ありがとうございます。読んでみます」

「あとこれは、会社の同僚が作成してくれた美食店リストだ。参考にしてくれ」

　アスカは〈里見シュラン㊙〉をぱらぱら捲り、Ｗｏｗ！　と声をあげた。

「これ、めちゃくちゃ力作じゃないですか。わざわざ僕らのために作ってくださったんですか」

「そうだ。里見という女性でな。お前のファンなんだ」

「はい？　なんで？」

「一度、お前の写真を見せたことがあるんだ。機会があったらお目に掛かりたいって。なかなか面白い女性で、巷《ちまた》のいろんなことに詳しいぞ」

「はは……。会ってお礼がしたいのは山々ですが、僕の肖像権にも一定の配慮をお願いしますね」

「そいつは悪かったな」

私はさして悪びれずに言い、講義に戻った。

「陳寿は東夷伝の最後にこう断っている。

『ここに記したことは往来する使者から、通訳を介して記したものであるから、完璧ではない』と。つまり陳寿は書斎で魏志倭人伝を書いた。自ら東国を旅したことはなかったし、倭国に行ったことがある人と会ったこともなかっただろう。すべては先行史料から抜き出して書いたものなんだ。

陳寿が魏志倭人伝を書くにあたって参考にした史料はいくつかある。最大のものが魚豢《ぎょかん》の『魏略』だ。これは散逸して残ってないが、ほかの歴史書に引用された部分を見ると、魏志倭人伝とかなり似た記述がある。つまり陳寿は『魏略』から大いに文章を拝借したか、両者が同じ先行史料にあたった可能性がある。テキストの背景はこんなところだ。それでは本文に入っていこう」

私たちは魏志倭人伝のコピーを広げた。

倭人は帯方《たいほう》の東南大海の中に在り、山島に依《よ》りて国邑《こくゆう》を為《な》す。旧《もと》百余国。漢の時朝《ちょう》見《けん》する者有り。今、使訳《しやく》通ずる所三十国。

「ここでいちど切って訳すぞ。

倭人は帯方郡の東南の海の中にいて、山島に依ってクニを作っている。もとは百ほどのクニに分かれていて、漢時代に朝貢に来たクニもあった。いま魏と使者が行き来しているのは30国である。

倭人の出自については諸説あるが、もとは長江《ちょうこう》の下流域で漁労と稲作を生業《なりわい》にしていた民族ではないかと言われている。あとで出てくるように、倭人も呉の末裔《まつえい》を自称していたようだしな。

呉は春秋戦国時代に江南《こうなん》地方にあった国だ。そこの民が度重なる戦乱で逃散《ちょうさん》し、一部がイネを携えて日本へ渡ってきた。そして日本にもとからいた縄文《じょうもん》人たちや、その他の出自をもつ先住民たちと混血《ミックス》を進め、日本列島の倭人を形成したと考えられている」

「つまり、コメづくりと魚獲りが得意な人たちってことですね」

「そうだ。さらにいえば倭人とは蛇や龍を信仰し、蚕を飼い、高床式の家をつくり、舟を手足のように操り、巫術《ふじゅつ》を大切にする、南方系の要素が強い人々だ。次にいくぞ」

郡より倭に至るには、海岸に循《したが》つて水行し、韓国《かんこく》を歴《へ》て、乍《あるい》は南し乍は東し、其の北岸狗邪《くや》韓国に到《いた》る七千余里。

「帯方郡から倭へ行くには、まず海岸に沿って水行する。韓国を経て、船を南に操ったり、東に操ったりしながら、倭の北岸にある狗邪韓国に到達する。帯方郡からここまで7000里ほどである。

倭と魏がやりとりするときは、必ず楽浪《らくろう》郡と帯方郡を窓口にした。だから倭への旅路の始まりに帯方郡が置かれているんだ。楽浪は現在のピョンヤンあたり、帯方は現在のソウルあたりにあったと言われている。

もともと楽浪郡は漢の直轄地だった。漢はここを通じて朝鮮半島に睨みをきかせていたが、遼東《りょうとう》太守だった公孫《こうそん》氏が後漢末に火事場泥棒的にこれを奪う。

この公孫氏というのがなかなかの曲者《くせもの》でな。表向きは魏の大臣だったが、楽浪郡を実効支配してからは独立志向を強めた。『いつか皇帝になってやる』と公言して憚《はばか》らず、親分の曹操もこれを憎んでいた。しかし当時の魏は四面楚歌《そか》だったから、公孫氏の機嫌を取らざるを得なかったんだ。これを見てくれ」

私は当時の東アジア情勢の載った地図を開いた。

「魏の北には烏丸や鮮卑といった騎馬民族系がいた。東には勢力を伸ばしつつあった高句《こうく》麗《り》や韓勢力。そして南には宿敵の呉と蜀。な？　敵だらけだろ」

「卑弥呼はなぜ魏に朝貢しようと思ったんですか」

「激動の時代だったからだよ。たとえば米ソの冷戦時代、ほとんどの国がどちらかの国の傘下に入っていた。旗幟《きし》鮮明にしないと、大国の草刈り場になってしまうからだ。寄らば大樹の陰といった発想だな。

　倭も同じだ。西暦２０４年ごろ、公孫氏が楽浪郡の南を割いて帯方郡を設置すると、倭は漢との関係を絶たれた。そこで今度は公孫氏に朝貢を始めた。史書に〈倭・韓遂《つい》に帯方に属す〉とあるのはこのことだ。

　そして公孫氏は西暦２２８年、いよいよ本性を顕《あら》わにする。魏のライバルだった呉の孫《そん》権《けん》に、『臣属するから一緒に魏を挟撃しないか』と密使を送るんだ。孫権は狂喜して公孫氏に金銀財宝を贈った。

　ところがこの動きは魏にバレバレだった。しかし魏とて両者が結んで攻めてきたら一大事だ。ゆえに『呉とのことは見逃すからまたこっちに付け』と言ってきた。

　ここで事態は二転三転する。というのも、じつは呉のほうでも公孫氏をそこまで信頼してなかったんだ。だから高句麗と『もし公孫氏が裏切ったら挟撃しよう』と密約を交わしていた。これを知った公孫氏は呉の使者を斬り捨てる。そしてその首と、孫権から貰った印綬《いんじゅ》を携えて、魏の明帝《めいてい》に再び忠誠を誓った。明帝は表向きこれを喜んだ。

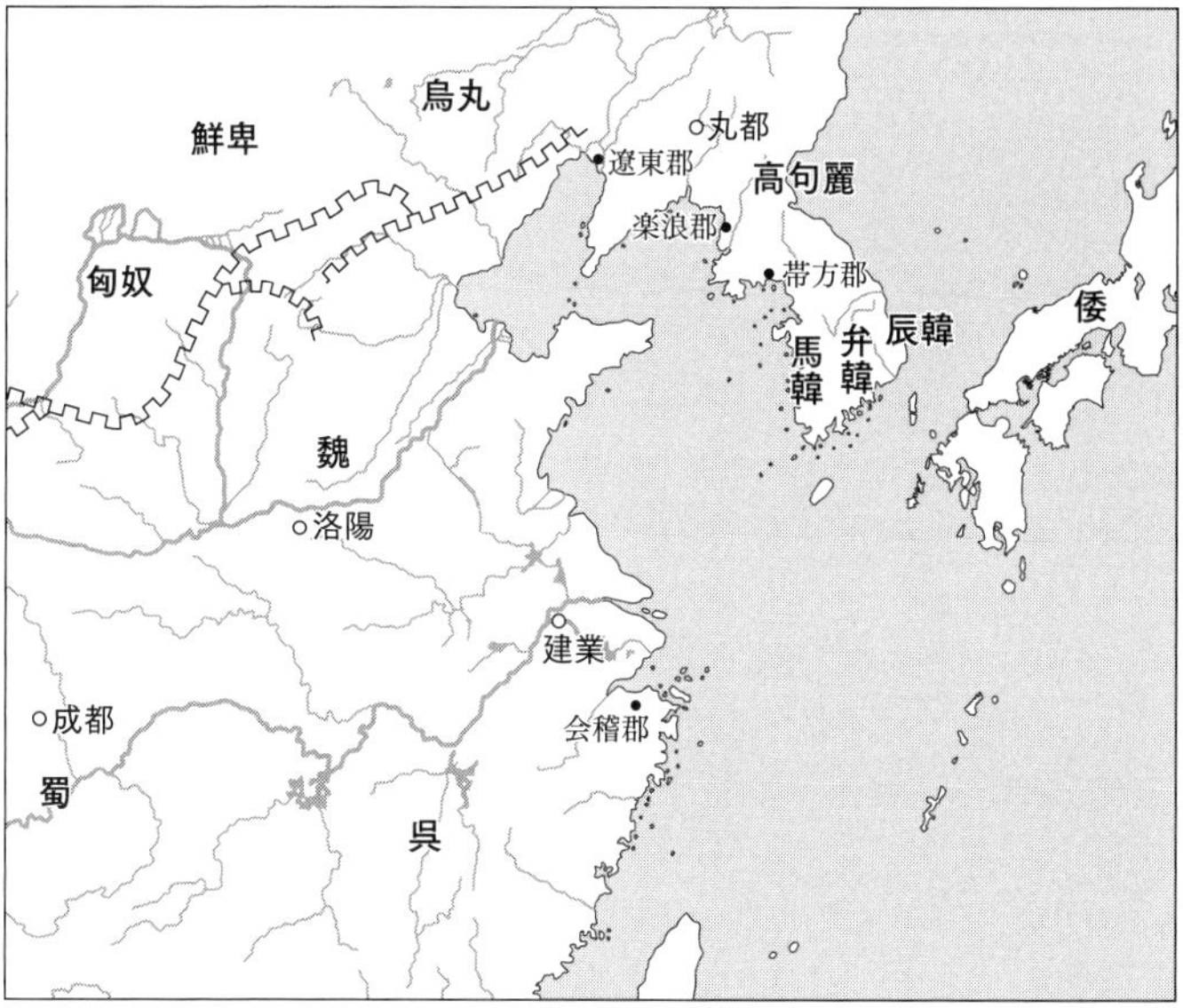

３世紀の東アジア

しかし公孫氏は２３８年、またしても魏に叛《そむ》く。独立して燕王《えんおう》を名乗ったんだ。魏は激怒して司馬懿《い》に侵攻させた。公孫氏は一族ことごとく斬殺された。禍根を残さぬように、遼東の成年男子７０００人が処刑され、その首で高楼が作られたそうだ」

「ものすごい光景ですね」

「ああ。地獄絵図だよ。倭はこの情勢を対岸からじっと眺めていた。そして公孫氏が滅ぶとすぐに魏へ正式に使いを出す」

「機敏な動きですね」

「倭は海洋国家だからな。情報収集はお手の物だったんだよ。

ちなみに国際政治を考察する地

政学の基本は、諸国をランドパワーとシーパワーに色分けするところから始まる。ランドパワー国家とは、ロシアや中国やドイツなどの大陸国のことだ。対してシーパワー国家とは、イギリスや日本やアメリカといった海洋国のことだ。大きな国際紛争は、この両パワーのぶつかり合いであることが多い。米ソ冷戦や、日中戦争がこれにあたる。

そして歴史をふりかえると、一国においてランドパワーとシーパワーは両立しがたいという事実が見えてくる。たとえばランドパワー大国だったローマ帝国は海洋進出して崩壊の遠因をつくった。同じくランドパワーのモンゴル帝国も、海を渡る日本征服には失敗した。昭和の日本国家も、太平洋でシーパワーとぶつかり、中国内陸でランドパワーとぶつかって破滅した。

この理屈でいくと現在の中国はどうなるか。一帯一路をかかげて海洋戦略を繰り広げているが、漢民族はもともとランドパワー国家だ。失敗する確率が高いと見ている地政学者は多い」

「そっか。アメリカでもチャイナ脅威論を唱える人と、そうでない人がいるんですが、地政学の知識が関係しているのかもしれませんね」

「そうかもな。地政学ついでに言っておくと、他国の支配の仕方には三つある。

一つ目は完全支配。相手国に軍隊を常駐させてすべてを支配するパターンだ。

二つ目が選択的関与。重要エリアにだけ軍隊を駐留させて、必要なときだけコミットするパターン。魏における楽浪郡、アメリカにおける沖縄がこれに当たる。

三つ目がオフショア・バランシング。相手の領土までは出向かず、離れたところからコントロールする。魏が倭に対して行っていたのがこれだ」

「ちなみに魏はどちらのパワー国家ですか」

「典型的なランドパワーだ。そして呉は典型的なシーパワー。ゆえに両国の船戦となった赤壁《せきへき》の戦いでは呉が大勝した。中国には南船北馬という言葉があってな。北の黄河《こうが》流域の人びとは馬で移動し、南の長江流域の人びとは船で移動するって意味だ」

「それでいくと日本も典型的な海洋国家ですね」

「地図で見るかぎりはな。ところが日本の歴史をふりかえると、そうとも言い切れない部分があるんだ。遣唐使《けんとうし》を廃止して国風文化が栄えた平安《へいあん》時代や、鎖国した江戸《えど》時代など、内向きのランドパワー傾向が続く期間も長いんだよ」

「外向きのシーパワー傾向の時代は？」

「たびかさなる朝貢や白村江《はくすきのえ》の戦いがあった古代。勘合貿易や倭寇《わこう》や豊臣秀吉《とよとみひでよし》の朝鮮出兵があった、室町《むろまち》から戦国にかけて。日清《にっしん》戦争から太平洋戦争があった近代。いわば日本の歴史は、開国マインドと鎖国マインドの繰り返しとも言える」

「となると魏志倭人伝に書かれたころの倭国は――」

「開国マインド全開の時期だった。だから迅速に潮目を読んで、漢、公孫氏、魏、晋と朝貢国を変えることができた。倭人が外交音痴になるのは決まって鎖国マインドの時だよ」

「今はどっちですか」

「さあ、どっちかな。今はネットでやすやすと国境を越えられる時代だから判断が難しいな。若者たちが海外旅行にあまり興味を示さないところを見ると、鎖国マインドのタームなのかな」

「たしかに海外で『あ、日本人かな』と思うと、だいたい中国人か韓国人です」

「それはともかく、魏がこれだけ公孫氏に気を遣っていたのは、東方の安定なくして宿敵の呉や蜀と戦えないからだ。ゆえに魏の皇帝は倭国の迅速な朝貢を喜んだ。

　魏にとって最悪のシナリオは、せっかく手にした楽浪・帯方を再びほかの勢力に奪われることだ。仮想敵国としては高句麗や韓勢力があっただろう。もし彼らと戦争になったとき、倭が背後から彼らを牽制《けんせい》してくれれば助かる。むろんそこまで倭に期待はしていなかっただろうが、敵と結んで一緒に攻めてくるよりはましだ。敵の敵は味方だからな。これを遠交近攻と言う。話が先走ってしまったな。テキストに戻ろう」


　始めて一海を度《わた》る千余里、対馬《つしま》国に至る。其の大官を卑狗《ひこ》と曰《い》ひ、副を卑奴母離《ひなもり》と曰ふ。居る所絶島、方四百余里可《ばか》り。土地は山険《けわ》しく、深林多く、道路は禽鹿《きんろく》の径《みち》の如《ごと》し。

千余戸有り。良田無く、海物を食して自活し、船に乗りて南北に市糴《してき》す。

「狗邪韓国から海を渡って1000里ほど行くと対馬国に着く。卑狗や卑奴母離という役人がいる。人々は絶海の孤島に住み、周囲は400里ほど。山は険しく、林は深く、道路はまるで獣道のようだ。1000戸ほどあるが良い田んぼはなく、海産物を食べて暮らしている。船で南北を行き来して交易している」

「1里って何mですか」

「それについてはあとでまとめて説明する。里数や日数はかなり重要なんでな」

「わかりました」

「ちなみにここに出てくる〈卑狗〉というのは『彦』のことだと言われている。たとえば初代神武《じんむ》天皇の別名が神日本磐余彦《かむやまといはれびこ》であったように、どうやら日本ではよほど古い時代から『彦』は偉い男を指す言葉だったようだ。いまでも雅彦《まさひこ》とか和彦《かずひこ》という名前に残っているようにな。

卑奴母離というのも、田舎《ひな》の守《も》り人のことかもしれないと言われている。こうやって考えてくると、古代中国語による音写は案外、正確に音を伝えている可能性が出てくる。これはあとで卑弥呼の名称問題にもつながってくる」

「それは楽しみだな」

乞うご期待、とテキストに戻ろうとしたとき、ラウンジの入り口からこちらへ向かってくる白人女性が見えた。おそらくアスカのパートナーだろうと思い、私は立ち上がって迎えた。

彼女は私のところまで来ると「はじめまして、メイです」と片言の日本語で挨拶した。思ったより小柄な女性だった。私も「はじめまして」と日本語で答えた。

アスカが英語で何か伝え、メイに〈里見シュラン㊙〉を手渡した。彼女は中をぱらぱら見て、歓声をあげた。そしてアスカに通訳を頼んだ。

「とても嬉しいそうです。東京は素晴らしいレストランが多くてどこへ行けばいいか分からなかったから。何軒か訪問させてもらいます。できれば里見さんに会ってお礼がしたいそうです」

「オーケー。伝えておきます」

そこでアスカのスマホが震え、通話するために「ちょっと失礼」と席を外した。残された私たちは、何語で何を喋ればいいか分からず、ただニコニコ微笑《ほほえ》み合っていた。メイの優しい目元と、柔和な雰囲気は、日本人にも親しみやすい感じがした。イルカの研究について何か訊けたらいいのだが、と思っていたら、

「わたし、アスカと喧嘩《けんか》してマス」

とメイが日本語で言った。口元には変わらず微笑を浮かべていたが、目元は物憂げで、

私にはメイがどの感情に従って喋っているのかよく分からなかった。初対面の私に向かって、こんなことを告げた理由も。

言ってしまってから、メイもすこし居心地わるそうにした。続けて言いたいことがありそうだったが、今更ながら私たちのあいだに立ちはだかる言語の壁の大きさに思い当たり、途方に暮れているようだった。

私はカバーできるものなら何かしてやりたかったが、適切な英語表現が思い浮かぶはずもなく、ただ同情の表情を浮かべることしかできなかった。ひょっとしたらこの女性は、いま極度にナーバスな状態にあるのかもしれないと思った。いったい、何があったというのだろう?

そこへアスカが戻ってきて、「すみませんでした。もう時間が少なくなってきてしまいましたね」と言った。二人はこのあと用事があるらしく、約束していたレクチャーの時間はあと10分ほどだった。

「今日は伊都《いと》国まで辿り着く予定だったんだがな。ま、残りの条文はそこまで四つ五つだから、あとで解説をメールしておくよ」

「ありがとうございます」

「そういえば、まだメイさんに自己紹介が済んでいなかったな。訳してくれ」

私はメイと気まずいまま別れるのが嫌で、即席の自己紹介を始めた。

「私は25年のあいだ、古代史のことばかり追いかけてきました。ふと気づいたら、定年が2年後に迫り、自分が古代の土偶《ドール》のように感じられています。2年前に妻を亡くしてから、会社では〈未亡人の会〉という秘密結社を立ち上げました。会員は私と、そのリストを作ってくれた女性だけ。主なミッションは社内の噂話です。誰それの子がどこの大学に受かったとか、誰と誰の仲が怪しいとか。まあ、フリーメーソンのようなものです。いまいちばんの愉《たの》しみは、夢の中で妻と逢うこと。そこで会話やデートを愉しみたくて、アスカにその方法を教わろうと思っています」

アスカが通訳を始めると、メイはフレンドリーな笑みを浮かべながら、うんうんと頷きつつ聞いた。ジョークのくだりでは声をあげて笑い、妻を亡くしたくだりでは痛ましそうな表情をした。

「She was his dream」

アスカが最後に勝手に説明文を付け加えた。メイは深く頷いた。

私にもこの一文は聞き取れた。直訳すれば「彼女は彼の夢だった」。もっとふさわしい訳語があるのだろうが、すぐには思いつかなかった。けれどもニュアンスは正しいように感じられた。そう、アスカの言う通り、妻はたしかにマイドリームであった。彼女を亡くしてから、そのことをひしひしと思い知らされている。

「それでは叔父さん。次は夢のカウンセリングでお会いしましょう」

「ああ、よろしく。俺はもうちょっと珈琲を飲んでいくよ」

私は二人の背中を見送った。メイの一言は気掛かりだったが、喧嘩をしたなら、仲直りすればいい。若い二人にはまだそれを繰り返す時間がたっぷり残されているのだから。私は夜のＴＯＫＹＯへ繰り出していく二人の姿が、すこし眩《まぶ》しく見えた。

## （4）

あくる日の昼休み、里見に礼を言うために総務部を訪れた。彼女は「なんでまたミスってんねん！」と若手男子を立たせたままドヤしつけていたが、私が「二人とも感激してたよ。機会があれば会ってお礼がしたいって」と告げると、「おー、ぜひぜひ」と機嫌を直した。若手は、ここぞとばかりに席へ戻った。

「だけどひとつ変なことがあってさ。アスカが席を外したとき、メイさんに『アスカと喧嘩してます』って言われたんだよ」

「なにそれ。詳しく聞かせて」

「いや、だからほんとにニュアンスがわからなくてさ。そのあと何か言いたそうにしてたけど、俺は英語なんてわからないし」

「わたしがいたら聞いてあげられたのに」

「あれ？　里見、英語なんかできたっけ」

「NHKのラジオ英語で鍛えました。BBCのニュースなら7割くらいわかりますよ」

「すごいじゃん。そんなにいけるもの？」

「ラジオ英語を舐《な》めちゃいけません。わたし、受信料はそこで元を取りましたから。何かあったらご用命ください」

「そうだな。よろしく頼むよ」

私はデスクに戻ると、アスカにメールを打った。


きのうはお疲れ様でした。

講義しそびれた条文について、簡単に解説しておきます。

又《また》南一海を渡る千余里、名づけて瀚海《かんかい》と曰ふ。一大国《いき》に至る。官を亦《また》卑狗と曰ひ、副を卑奴母離と曰ふ。方三百里可り。竹木・叢林《そうりん》多く、三千許《ばか》りの家有り。田地に差有り、田を耕せども猶《なお》食するに足らず、亦南北に市糴す。

対馬国から1000里ほど海を渡ると一大のクニに着く。ここは今の壱岐《いき》のことだ。田んぼは少しあるが食うには足らず、対馬国と同じように、南北と交易して生計を立てている。

又一海を渡る千余里、末盧《まつろ》国に至る。四千余戸有り。山海に浜《そ》ひて居る。草木茂盛《もせい》し、行くに前人《ぜんじん》を見ず。好んで魚鰒《ぎょふく》を捕へ、水深浅無く、皆沈没して之《これ》を取る。

さらに1000里ほど海を渡ると末盧国に着く。これは現在の佐賀県の唐津《からつ》あたりのこと。昔からあの一帯は松浦《まつら》と呼ばれていた。4000戸ほどあって、人々は山が迫る海ぞいに暮らしている。「草木が茂って、前を歩く人の姿が見えない」とか、「みんな潜るのがうまくて魚や鰒《あわび》を獲ってくる」というあたりは、倭人伝の中でも最も臨場感のある描写かな。ここから魏使一行は陸旅に入ります。

東南陸行五百里にして、伊都《いと》国に到る。官を爾支《にき》と曰ひ、副を泄謨觚《せもこ》・柄渠觚《へくこ》と曰ふ。千余戸有り。世《よよ》王有るも、皆女王国に統属す。郡使《ぐんし》の往来常に駐《とど》まる所なり。

東南に500里ほど行ったところに伊都国がある。代々の王がいたが、みんな女王国に属していた。帯方郡からの使者団がいつも駐留する場所だった。

この伊都国というのはとても重要で、現在の福岡県の糸島《いとしま》あたりにあった。あそこらへんは重要な遺跡が多く、昔の大王の墓からは威信財がザクザク出てくる。銅鏡、銅剣、ガラスの勾玉《まがたま》などなど。いまの感覚でいうと何億円もするダイヤを一緒に埋葬する感じかな。

お隣の奴《な》国と並んで、ここらへんが日本最古の王国の発生地だったことは間違いない。玄界灘《げんかいなだ》は大陸や朝鮮半島への玄関口だったからね。

もちろんムラやクニなら、縄文時代にもそこらじゅうにあった。たとえば青森の三内丸《さんないまる》山《やま》遺跡は１７００年も続いた、最盛期には５００人ほどが暮らす大集落だった。

だけどこれは王国ではなかった。

では王国とは何か？

それは、租税を取って暮らす王侯階級が生まれたクニのことを指す。縄文時代にも多少の階級差はあったかもしれないが、絶対的な『王』は存在しなかった。王の存在を可能にしたのは、農耕とそれに伴う定住化だ。

王は人々を田んぼにへばりつかせ、そこから収奪した富で兵を養う。

そして隣国へ攻め込み、土地と人民を奪って、また同じことを繰り返す。

こうして王国は雪だるま式にどんどん大きくなっていく。

いわゆる世界最古の四大文明は、みんなこのコースを辿った。周辺国もすこし遅れてこのコースを辿る。倭国もそうです。

逆に言えば、縄文時代は戦争するほど富の蓄積ができなかったし、彼らのライフスタイルからすると戦争にはほとんどメリットがなかった。奴隷を得ても食《く》い扶持《ぶち》が増えて迷惑だったし、農耕するわけではないから土地も要《い》らない。そもそも人口密度が低いから奪い合う必要がなかったんだ。

そんなわけでこの国に戦争を持ち込んだのは、海の向こうからイネを携えてやってきた倭人たちです。彼らは米づくりと戦争のほかにも、様々なものを持ち込みました。神話。祭祀。占い。言語。身分制。税制。それを管理する書記と算術。家畜。土器。鉄器。熟鮓《なれずし》や塩辛などの保存食。病原菌。免疫。まさに文明の衝突と言っていいが、縄文人と弥生人《やよい》のあいだに大規模な争闘はなかったと考えられている。農耕は狩猟採集に比べて人口爆発を起こしやすいから、単に数で圧倒していったのだろう。

さて、伊都国までと行ったけど、ついでだから奴国と不弥《ふみ》国まで行ってしまうか。

東南奴国に至る百里。官を兕馬觚《しまこ》と曰ひ、副を卑奴母離と曰ふ。二万余戸有り。

伊都国の東南にあった奴国は、現在の博多《はかた》あたり。昔から儺県《なのあがた》と呼ばれていた一帯です。ここの奴国王は西暦57年に後漢の光武《こうぶ》帝へ使いを出して『漢委奴國王《かんのわのなのこくおう》』という金印を貰った。つまりこの頃の日本国王は博多あたりにいたって訳だが、領土はどの程度のものだったたか。ひょっとしたら北九州の沿岸地帯だけを治める王だったかもしれない。奴国の遺跡からは青銅器を作る工房がたくさん見つかる。どうやらあの一帯は、古代の工業団地みたいな所だったらしい。博多湾は天然の良港だから、先進物がどんどん入ってきたんだ。

後漢書にはこんな記事が出てくる。

『永初《えいしょ》元年（西暦１０７年）、倭国王の師升《すいしょう》が生口《せいこう》１６０人を献じて謁見を請うた』

ここでいう倭国王が、奴国王のことかどうかはわからない。でもわずか50年後のことだから奴国王と考える人も多い。生口というのは奴隷のこと。１６０人もの奴隷を連れて、玄界灘を渡ったんだから、すごい権勢だよね。監視はその数倍も必要だっただろうから、大船団です。


東行不弥国に至る百里。官を多模《たも》と曰ひ、副を卑奴母離と曰ふ。千余家有り。


この不弥国の場所には諸説ある。おそらく福岡県の宇美《うみ》町あたりだが、どこであっても大勢に影響はない。博多から東へ10㎞ほど行ったところにあった集落と思っておけばいい。

ここで、きのう疑問が出た里数について解説しておこう。ここまで魏志倭人伝に記された里数と実際の距離を比較するとこうなる（地図も添付しておきます）。


帯方郡から狗邪韓国まで７０００里→実際には８００㎞程度。

狗邪韓国から対馬国まで１０００里→実際には１００～１５０㎞程度（スタート地点とゴール地点をどこに設定するかでこれくらいの幅が出る）。

対馬国から一大国まで１０００里→実際は80～１２０㎞程度。

一大国から末盧国まで１０００里↓実際は30〜60㎞程度。
末盧国から伊都国まで５００里↓実際は33〜45㎞程度。
伊都国から奴国まで１００里↓実際は９㎞程度。
奴国から不弥国まで１００里↓実際は10㎞程度。

ここから分かるのは、魏志倭人伝の１里はだいたい１００ｍ弱ということ。そして魏志倭人伝に記された里程がかなりアバウトだということだ。

なぜなら狗邪韓国から対馬までと、対馬から壱岐まで、それに壱岐から末盧まではいずれも１０００里と記されているのに、実際には30〜１５０㎞までバラつきがあるから。

あの時代にはレーダーも測量機器もないから、正確な距離の把握は絶望的だった。航海の場合はとくに。だから魏志倭人伝にいう１０００里とは、『１００里というほど近くはないが、５０００里というほど遠くもない』というニュアンスです。それさえ伝われば報告書としては合格だったんでしょう。

さて、本日はここまで。次の条文から魏志倭人伝における最大の謎に迫ります。覚悟しておいてください。

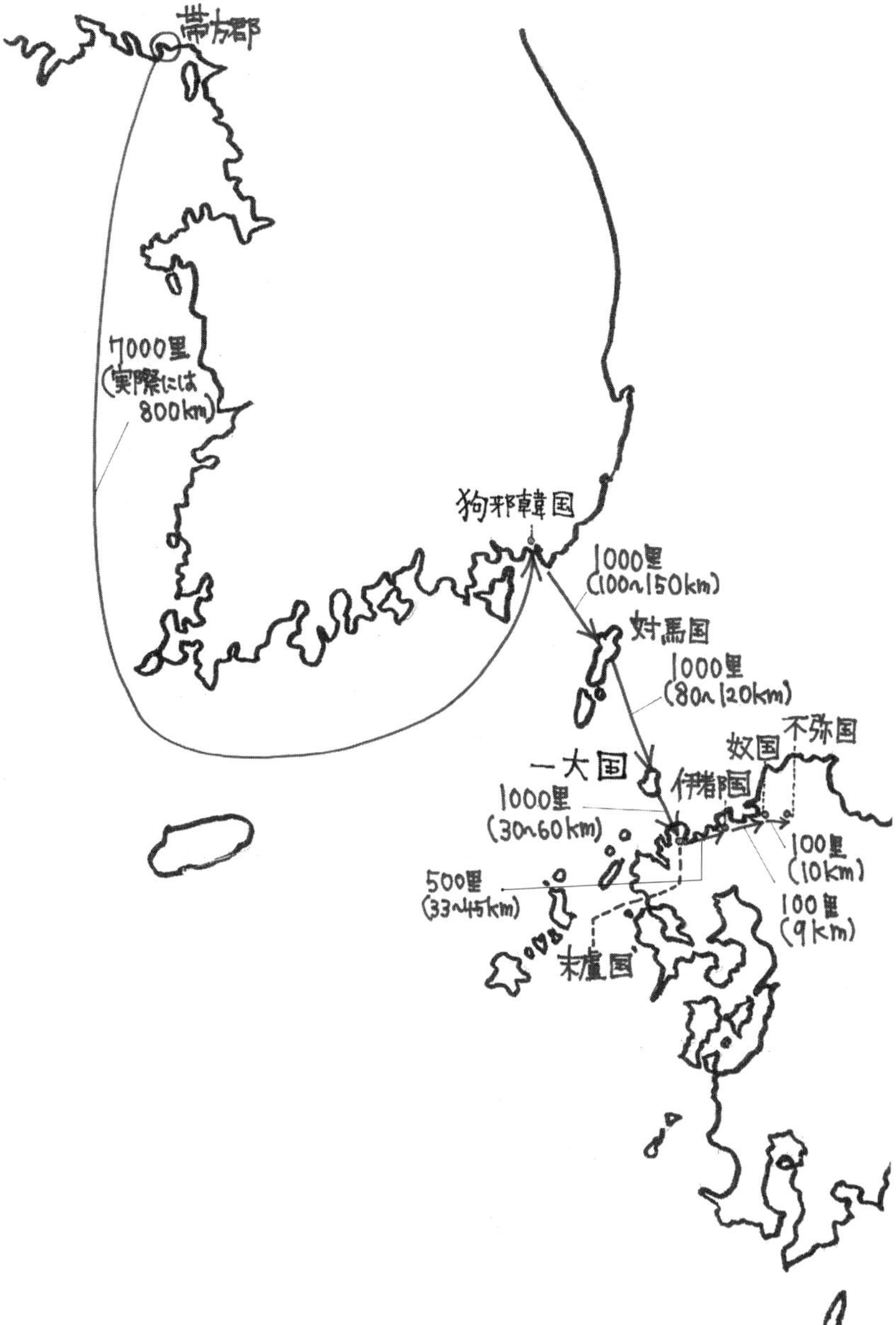
帯方郡
7000里
(実際には
800km)
狗邪韓国
1000里
(100〜150km)
対馬国
1000里
(80〜120km)
一大国
1000里
(30〜60km)
伊都国
奴国
不弥国
100里
(10km)
100里
(9km)
500里
(33〜45km)
末盧国

# (5)

私の中に検閲官がいるとアスカは言ったが、私が妻に隠しておきたいこととは何だろう。私は浮気をしたことはなかったし、大きな嘘《うそ》をついたこともなかった。ヘソクリは少しあったがご愛敬の範囲だ。

私と妻は大学3年の秋に友人の紹介で知り合った。私はまず、ピアノ弦のように美しい、彼女の漆黒の髪に目を奪われた。二言三言、ことばを交わすと、彼女は私をじっと見つめ、

「高宮くんって、お兄さんがいるでしょう?」

と言った。「なんでわかったの?」と訊いても、彼女は「なんとなく」と首を傾げるばかりだった。私が将来は新聞記者になりたいと告げると、こちらは確信をもって「なれるよ」と言ってくれた。まるでタイムマシーンで未来を見て来たかのような即答だったので、なんか不思議な子だなと感じた胸の内は、昨日のことのように思い出せる。

はじめに熱をあげたのは私だった。友人を介して、彼女にアタックしているライバルがいることを知った私は、いま思い返しても顔が赤くなるほど、恥も外聞もない求愛の仕方をした。あんな蛮勇を振るったのは後にも先にもあのときだけだ。

結婚してからは仲良く静かに暮らした。子供ができぬ苦しみにも二人で耐えた。そのせ

いもあってか、お互いがお互いにとって、必要な唯一の人間であるという信頼は最後まで揺るがなかった。

そんな私に、妻に言えないことなどあるのだろうか。あるならぜひ教えて欲しい。もしそれが的を射ていたなら、私は検閲官にもフロイトにも（アスカにも？）平伏《ひれふ》そう。

アスカとメイに里見を紹介する機会は、思いのほか早く訪れた。

アスカの夢カウンセリングの初日、里見にそのことを告げると「わたしも付いてっちゃダメですか」と言い出した。その旨をアスカにメールすると、「ぜひご挨拶させてくださ い」と返事が来たのだ。

私と里見は18時に会社を出て、皇居のお濠端《ほりばた》を歩いてアスカたちのホテルへ向かった。

「朝晩は肌寒くなってきましたね」

里見が宵闇に溶け込んだ銀杏《いちょう》並木を見上げた。

「ああ、日中は気持ちのいい季節になったよ。今夜、娘さんは大丈夫だったの？」

「はい。今日は学校から帰ってきたら美容室に行って、そのまま塾です」

「へぇ。もう美容室に行くんだ？」

「当たり前じゃないですか。わたしが行ってる美容室で〝小学生カットコース〟っていうのがあって、２４００円でやってくれるんです。娘にはお気に入りのイケメン君がいて、指名料は300円。わたしもアスカくんと会うとわかってたら、半休取って美容室に行ってきたのに」

「なぁに、大丈夫だよ」

「なにが？」

「えーっと……」

冷たい視線が頬にぐさぐさ突き刺さるのを感じて、たじろいでいると、「そこは『今のままで100点だから』でよくないですか？」と里見が言った。

「イマノママデ100テンダカラ」

「棒読みかーい！　子役のオーディションでも落ちますからそれ」

お互い朝からデスクワークだったので、冗談を言いながらの夜の散歩は、ちょうどいいクールダウンになった。私はつい先ほどまで「銅鏡に含まれる錫《すず》の成分について」という論文に苦しめられていたから、頭の凝りまで解《ほぐ》れていく心地だ。こんな何気ない日常の一コマも、会社員生活が終われば私の元を去るのかと思うと、胸の裏にひりっとしたものを感じる。

アスカとメイはロビーで待っていてくれた。私たちを見つけると、二人は花が開いたような笑顔で歩み寄ってきた。

「はじめまして、高宮アスカです」「あらぁ、お噂はかねがね。里見です。メイさんも、

Nice to meet you!」「Nice to meet you. お会いデキて、ウレシイです」

挨拶を交わしたあと、最上階のバーで1杯だけ乾杯しようという運びになった。私たちは36階までエレベーターで上がり、窓際のテーブル席に通された。私と里見はビール、アスカはウィスキーの水割り、メイは赤ワインを注文した。そして夜景を見下ろしながら乾杯した。

「〈里見シュラン㊙〉、ありがとうございました」

とアスカがお礼を言った。

「じつはきのう、あの中にあった新富町《しんとみちょう》の蕎麦屋に二人で行ってきたんです」

「あら、どうでした？」

里見が会社では決して見せない上品な100点スマイルで訊ねる。

「めちゃくちゃ美味しかったです。メイも僕も、最後のスープまで飲み干してしまいました」

「ああ、蕎麦湯ね。あそこのご主人は、蕎麦マニアのあいだで〝10年に一人の蕎麦打ち名人〟って呼ばれてるんですよ。すこしおっかない顔してるけど、業界では尊敬されてます」

「へぇ、すごい人なんですね。たしかに近寄り難い雰囲気はあったけど、帰りがけにメイに『お箸の使い方、お上手ですね』って言ってくれました」

「うそっ！　それめちゃくちゃレアですから。わたしなんか10年以上通ってるのに、声を聞いたのも数えるほど」

「じゃあ、お愛想を言ってくれたのかな。常連さんばっかりの雰囲気だったから、外国人の客が珍しかったのかも」

アスカが楽しそうに告げ、メイに会話を翻訳した。メイも楽しげに聞いていたが、私は先日の彼女の台詞《せりふ》が気になっていた。とはいえ、今の二人は仲が良さそうだ。いわゆる犬も食わないというやつだったのだろうか。

里見が蕎麦屋の系統についてレクチャーを始めた。それにアスカが持ち前の好奇心で食いつき、座持ちがよい感じになったので、私は手洗いに立った。

戻ってくると、

「ね、高宮さん」

と里見が言った。

「今からわたしとメイさんで、銀座をちょこっと流してこようって話になったんですけど。お二人はこれから夜の講義があるんでしょ」

「おー、いいね」

食べ歩きの女王と銀ブラなら、メイもいい気晴らしになるだろう。

「行ってらっしゃい。ご飯も食べてくるんでしょ？」

「たぶん。それじゃレッツゴー、メイさん！」

「あ、その前にこれを」

とアスカが里見に手土産を差し出した。

「〈里見シュラン㊙〉、本当にありがとうございました。お荷物になってしまうかもしれませんが」

「あらやだ、よねむらのトリュフクッキー⁉　めっちゃ嬉しいんですけど。えっ、てゆうか、どこで知ったんですか。ひょっとしてアメリカでも有名？」

「日本の友人に教えてもらったんです」

「ほんと嬉しい。娘も喜びます」

「それはよかった」

二人が去ると、われわれは酒をお代わりして、サンドウィッチとポテトフライとオリーブの盛り合わせを頼んだ。アスカは「全部キュウリ抜きで」とつけ加えることを忘れなかった。アスカに言わせると、洋の東西を問わず、料理人には不要なところにもキュウリを混ぜたがる癖があるという。

「それでは始めましょうか。早速ですが、叔父さんは夢の中で叔母さんの声が聞きたいとおっしゃっていましたね」

私はうなずいた。

「そこでまず、明晰夢《めいせきむ》を見る方法についてお教えしましょう。明晰夢とは『いま自分は夢を見てるんだ』と気づく夢のことです。これは訓練しだいで誰でも身につけられます。ちなみに僕は明晰夢を見る名人です」

「おいおい、本当かよ」

「本当です。いまから明晰夢を見るコツをお教えします。なに、メモは要りません。極めて簡単ですから。寝る前に『さあ、いまから明晰夢を見るぞ！』と自分に強く言い聞かせるんです」

「それだけ？」

「それだけです。寝る前に、見たい夢へ5分ほど想いを馳《は》せるのもいいでしょう。それを文章にして枕元に置くのも効果的です。大切なのは『絶対この夢を見るんだ』という強い決意です」

「それだけで本当に見られるの？」

「見られます。もちろん訓練は必要ですが、そんなに難しいことじゃありません。難しいのは明晰夢の状態を保つことです。『あ、これは夢だ』と思った瞬間に、夢が終わってしまうことってありませんか？」

「ある。まさに『これは夢だ。でも妻と喋ってみたい』と思った瞬間、ぷつっと途切れてしまうことが多いんだ」

「それが明晰夢の特徴です。夢の中で自分や他人をコントロールしようとした瞬間、終わりを告げる。原因はわかっていませんが、なぜかそうなのです」

「なにか手は？」

「ある報告によると、明晰夢が終わりそうになったら、夢の中で両手を擦り合わせるといいそうです。あとは相手にいろいろ問いかけてみるのも有効。思いも寄らない答えが返ってくることも多いですよ。ここでもコツは相手をコントロールしようとしないこと。向こうには向こうの人格があることを、夢の中でも認めるんです」

「ふーむ……」

釈然としないでいると、

「夢は、人生のB面です」

とアスカが言った。

「メインではないかもしれませんが、確実に叔父さんの人生の一部です。けれども夢の所有者は叔父さんであって、叔父さんではない。そこが夢の面白いところなんです。

なぜ叔父さんは自分の夢の所有者ではないのか。それは夢が広大な無意識の海で創られるからです。そして海が人類の共有財産であるように、無意識も人類の共有財産です。だから夢は〝みんなのもの〟なんです。わかりますか？」

「なんとなく」

「それでは毎晩、明晰夢にチャレンジしてみてください。夢ノートをつけるのも忘れずに」

「わかった」

「今日のカウンセリングはこれだけです。あまりいっぺんにやっても、いいことはありませんからね。それでは攻守交代して、次は日本列島のどこかに眠る、あの国の話題に移りますか」

「オーケー。その前にお代わりしてもいいか」

「どうぞ」

「アスカはどうする？」

「じゃあ僕も頂きます」

ウェイターを呼ぶために視線をあげたアスカが、

「ぐふっ！」

とボディブローを食らったような声をあげた。すわキャビアか、と私は身構えた。

「お、お、叔父さん。席を替わってください」

アスカは首が千切《ちぎ》れそうなほどそっぽを向き、私の背後へそれとなく視線を誘導した。ふりかえると、水玉模様のワンピースを着た女性がお酒を飲んでいた。全身これ、アスカの天敵だ。われわれは席を入れ替わった。

「ああいう均等な水玉模様が特に苦手なんです。ぞわっと鳥肌が立ちます」

「難儀なものだな」

アスカはすこし動悸がしていたみたいだが、お代わりのウィスキーを啜《すす》り、しばらくすると平静を取り戻したようだった。私は魏志倭人伝のコピーを開いて告げた。

「それじゃ最大の謎に取りかかるか。今日はこの一条だけだ」


　南、投馬《とうま》国に至る水行二十日。官を彌彌《みみ》と曰ひ、副を彌彌那利《みみなり》と曰ふ。五万余戸可り。

　南、邪馬台国に至る、女王の都する所、水行十日陸行一月。官に伊支馬《いきま》有り、次を彌《み》馬升《ましょう》と曰ひ、次を彌馬獲支《みまかくき》と曰ひ、次を奴佳鞮《なかてい》と曰ふ。七万余戸可り。


「不弥国から南へ水行20日で投馬国に着く。官は彌彌といい、副官は彌彌那利という。5万戸ほどあるそうだ。

　南へ水行10日、陸行1月で女王の都がある邪馬台国に着く。官が伊支馬、次が彌馬升、その次が彌馬獲支、その次が奴佳鞮という。7万戸ほどあるそうだ」

「たしかに記述の感じが変わりましたね。まず、なぜ里数から日数表記に変わったんですか」

「わからん。そこが最大のミステリーなんだ」

ほう、とアスカの目が不敵に光る。

「あと、『5万戸ほどあるそうだ』とか『7万戸ほどあるそうだ』の『そうだ』というのは？」

「伝聞形だ。原文にある『可《ばか》り』の翻訳さ」

「するとこのレポートをあげた使者たちは、実際には投馬国や邪馬台国に行かなかったってことですか？」

「その可能性はある。ここまでの諸国の戸数は『千余戸有り』などと言い切っていて『可り』はないからな。あとこれは念のため教えておくけど、後代の『隋《ずい》書』という書物にこんなことが出てくる。

〈夷人（倭人）は里数を知らず、ただ計るに日を以《もっ》てす〉

倭人は距離を伝えるのに里という数え方を知らず、日数で伝えていたというんだ」

「ありそうなことですね。というか、たいていの未開人はそうだったんじゃないですか」

「そうだな。度量衡や単位は文明そのものだからな」

「だったらこのレポートについては、こんな説明がつきませんか。

レポートを書いた魏使たちは、実地を歩いた伊都国までは里数で記すことができた。けれども伊都国に駐留するのが常だったので、遠い投馬国や邪馬台国については現地の倭人から日数で聞いた。たとえばこんな感じです。

『そうですな。旦那がたの足ですと、投馬国までは船で20日ほど。邪馬台国へは、船で10日、歩いてひと月ほど掛かりますな』。それをそのままレポートに記したんです」

「それなら一応、説明はつくな」

「だけど本当に、投馬国や邪馬台国まで行った使者はいなかったんですかね」

「いや、いただろう。少なくとも邪馬台国に関してはあとで描写が出てくるからな。だけど文明国から来た魏使にとって、倭の奥地へ分け入って行くのに相当な覚悟が要ったことは確かだ。現代のわれわれがアマゾンの秘境へ入って行くような感じだよ。それに比べれば伊都国っていうのは、安全で清潔な港湾都市だったんだろうな。うんとよく言えば、いまのサンフランシスコとか横浜《よこはま》みたいなもんかな」

「ところでこの投馬国っていうのは、どこにあったんですか」

「わからん」

「えっ、これもわからないんですか?」

「ああ。ここから先は論者によってまちまちだ。畿内説の中には『投馬国とは広島の鞆《とも》のことだ』と言う人もいれば、『それでは水行20日にしては近すぎるから吉備《きび》あたりだろう』と言う人もいる。同じ畿内説でも、瀬戸内海ではなく日本海をつたって行くルートを取る人の中には、出雲《いずも》だと言う人もいれば、但馬《たじま》だと言う人もいる」

「ちょっと待ってください。投馬国はいまの福岡県から南に船で20日行ったところにあったんでしょう？　それでなぜ広島や出雲が出てくるんですか」

「そこが畿内説の最大の弱点なんだよ。なぜ南と書いてあるのに東と読み替えるのか。これを説明するために、畿内説では主に二つの説が唱えられてきた。

ひとつは、魏志倭人伝を筆写して伝えるうちに、東を南に書き間違えてしまったというもの。いまわれわれが目にすることのできる三国志のもっとも古い写本は宋《そう》時代のものだ。つまり陳寿が書いたオリジナルから900年もあとのものだから、何度も筆写されて伝わるうちに、間違いが生じてしまったという訳だ。現に明らかな写し間違いと思えるところはいくつかある。たとえば写本では壱岐国のことを『一大國』と記しているが、これは『一支國』の間違いだ。後述する『一大率《いちだいそつ》』に引っ張られたのかもしれん。じつは邪馬台国も写本には『邪馬壹國』とある。壹は壱の旧字だ。つまり台の旧字である『臺』を『壹』に書き間違えたのだろうと言われている」

「ええっ⁉」

アスカが大きくのけぞった。

「するといま僕らが目にすることのできるもっとも古い三国志には、『邪馬一国』と書かれてるって訳ですか」

「そうだ」

「だったら邪馬台がヤマトの音写かどうかという議論じたい、成り立たないじゃないですか」

「そうなんだが、陳寿の三国志よりあとの史書には『邪馬台』とか『倭面土』と書いてある。おおむねヤマトと読めそうな字だ。そしてこれらは宋時代の三国志の写本より古いものだから、こちらが正しい。邪馬壱は邪馬臺の写し間違えだろうってことで、一応の解決を見ている」

「ふーむ。そういうものですか。で、二つ目は？」

「もともと中国の史書には、南と東を混同する癖があるという説。これは明治時代の内藤《ないとう》湖南《こなん》という偉い先生が唱えた説だ。湖南は中国の史書に精通していた」

「実際、その説はどうなんですか」

「おおむね無視されている。やはり恣意的だし、南は南と書いてある史書のほうが圧倒的に多いからな」

「写し間違え説と混同説。どちらも根拠薄弱ですね」

「ああ。だが先ほども言ったとおり、写し間違えがない方がリアリティに欠けるんだ。なにせ900年だからな」

「九州説の場合、投馬国の候補地はどこになります？」

「有力視されているのは宮崎県の西都《さいと》市かな。あそこらへんは古くから妻《つま》地方と呼ばれていて、いまも都萬《つま》神社がある。つまり投馬は『とうま』ではなく『つま』と読むという説だ」

「実際にそう読めるんですか？」

「わからん。何度も言うとおり、古代中国の音韻は誰にもわからんのだよ。ただし日向《ひゅうが》のクニ、つまり宮崎県に昔から多くの人が住みついていたのは確かだ。そもそも記紀によれば日向は天皇家の故郷だし、西都市にある西都原《さいとばる》古墳群は日本最大級の古墳群だし、宮崎平野はじつに大きい」

「つまり5万戸くらい余裕というわけですね」

「ああ」

「だけど一つ問題がありませんか？」

アスカはスマホで西都市の位置を確認しながら言った。

「もし投馬国が西都市にあったとしたら、邪馬台国はそこからさらに南へ水行10日、陸行1月のところにあったんでしょう？　それって太平洋の中になってしまいません？」

「その通りだ」

「あと、不弥国から海岸づたいに西都市まで行くのに20日もかかりますかね」

「古代の航行はいまと違って、うんと不便だったはずだから、なんとも言えんな。もちろんかかり過ぎと考える人もいた。だから九州説でも写し間違え説があったんだよ。『水行10日は1日の間違いだ』とか、『陸行1月も本当は1日の間違いだ』とかね」

「九州説はこの〝日数かかり過ぎ問題〟に、ほかにどう説明をつけようとしてきたんですか?」

「有名なものでは放射説がある。榎一雄《えのきかずお》という人が唱えた説で、投馬国や邪馬台国までの日数は、すべて伊都国からの距離を記したものだと」

「その場合でも、伊都国から邪馬台国まで水行10日、陸行1月かかる訳ですよね」

「そうだ。似たようなものでは、投馬国と邪馬台国への日数は帯方郡からのものだという説がある。つまり投馬国へは帯方郡から水行20日。邪馬台国へは帯方郡から水行10日と陸行1月」

「ほかには?」

「水行すれば10日、陸行すれば1月と読む説もあったな」

「まだありますか?」

「あとは……。中国人の謝銘仁《しゃめいじん》という学者の説で、水行と陸行の記述は、あの時代の文体に起因するというものがある。謝さんによれば、当時は駢儷文《べんれいぶん》という文体が支配的だった。斉一なリズムと対句を好む文体だ。大知識人だった陳寿も、当然この形式に則《のっと》って魏志倭人伝を書いた。

〈南至投馬国、水行二十日〉

これは5文字ずつだよな。

〈水行十日、陸行一月〉

これは4文字ずつだ。

こうした対句は、文字数の釣り合いが取れているばかりでなく、音韻としてもリズムがよかった。ひと月は30日とも書けるが、それだと対句にならんから、わざわざひと月と書いたってわけだ。こんなことは当時の中国知識人にとって当然だった。日本人は世界的に見ても韻文に疎い民族だが、中国は昔から韻を踏むためなら事実を曲げるのも厭《いと》わない国なんだよ。

こんな文言がある。

〈文章は経国の大業、不朽の盛事なり〉

曹操の息子《むすこ》である曹丕《ひ》の言葉だ。

『文章は国を治めるのに匹敵するほどの大事業で、永遠不滅のものである』

という意味だ。同時代人の陳寿も同じように考えていただろう。いや、陳寿は歴史編纂官だったから、その念はもっと強かったに違いない。だから後世に笑われまいと、必死にリズムを整え、対句を練ったはずだ。こうした文章観によれば、投馬国や邪馬台国への日数は幻像《イマージュ》だった可能性が高いという。というのも、ここで用いられた10日、20日、1月という数字は、干支《えと》や陰陽五行の考えからいくと区切りのいい旬日の倍数だ。この三つを足すと幾つになる?」

「60です」

「そう。そして60という数字は古代中国人にとってめでたい数字だった。甲子《かっし》一巡と言って、この世界は60でひと巡りすると考えられていたからだ。いまでも60歳の還暦を祝うのはそのためだよ」

「たしか、赤いちゃんちゃんこを着るんでしたね」

「ああ。あれは甲子一巡して、もういちど赤ん坊に生まれ変わることを意味する。当時のことだから、魏の使者隊は吉日を選んで出発しただろう。そこから甲子一巡した60日後はまた吉日だ。その日に邪馬台国に着くってことは、行路が順調だったことを意味するんだよ」

「つまり不弥国から邪馬台国までの60日という旅程はフィクションだってことですか」

「その可能性があるってことだ」

「陳寿の手元には、投馬国や邪馬台国までの里数を記した資料がなかったんですかね」

「たぶんな。だから不正確な倭国地図と睨めっこしながら、陳寿が机上でリズムのいい日数を創作した可能性は残る」

「使者のレポートをそのまま写した可能性もありますよね」

「ある。大使も知識人だったはずだから、レポートの段階で駢儷文の体裁を整えていたかもしれん。いずれにせよ中国の知識人にとっては、野蛮な倭国の首都への正確な道程よりも、文章のリズムのほうが大切だったたって話だ。これは文章の国に生まれ、出世のいちばんの武器が文章だった者にしかわからん感覚だよ」

「これは畿内説にせよ、九州説にせよ、前途多難だなぁ」とアスカは天井を仰いだ。私は謎なぞの出題者として、多少の満足をおぼえた。どうだい、アスカくん。なかなかの難問だろう？

## （6）

その晩、家に帰ると、私はサイドボードから妻の写真を枕元に持ってきて告げた。

「今晩、君の夢を見るぞ」

これだけでは足りない気がして、「ひとつよろしく」と頭を下げた。

眠りにつくと、私は明晰夢を見ることに成功した。しかし現れたのは妻ではなかった。現れたのは異様に切れ長の目をした、色白の女性だった。彼女は髪を頭の上で結び、白い貫頭衣《かんとうい》を着ていた。

私にはこの女性が卑弥呼であることがわかっていた。自分が夢を見ていることも。そこは高床式の祭祀場のような場所で、卑弥呼は神棚のようなものを背に、冷たく澄んだ瞳で私に告げた。

「私《わらわ》は、お前が思うような所にいる」と。

あ、この夢を長引かせなくては、と思ったところで目が覚めた。

時計を見ると朝の4時だった。

私は忘れないうちに、急いで枕元の夢ノートに内容を記した。

〈18日　◯　卑弥呼に楼閣のような所で「わらわは、お前が思うような所にいる」と告げ

られる〉
それからは、もう寝られなかった。私はベッドの中でまんじりともせず、独特の冷たい雰囲気を持った女性の夢を追憶した。魏志倭人伝には卑弥呼は〈年すでに長大なり〉とあるが、夢の中では20代に見えた。あの造形はどこからきたのだろう。私のイメージからか。卑弥呼の夢を見たのなんて初めてだった。それにしても、あの一言が気になった。
私《わらわ》は、お前が思うような所にいる、とはどういう意味だろう……？

あくる日の晩も、妻の明晰夢を見ようと試みた。

しかし現れたのはまたしても卑弥呼だった。ほんの短い夢だった。夢の中でこれを夢と認識しているか曖昧だったので、成果は△とした。

〈19日　△　卑弥呼が神棚のようなところに向かって礼拝している。私はその様子を遠くから見つめている。とくに言葉はなし〉

目覚めてしばらくすると、私はもったいないことをしたという気持ちに襲われた。古代史界のスーパースターに2夜連続で会えたのに、話しかけることすらしなかったのは、文化部記者の名折れだろう。次に会えたら、ぞんぶんにインタビューしてやろうと決意した。アスカに教わったとおり、夢の中で手を擦り合わせたり、問いかけたりして、夢を長引かせるのだ。

出社すると、廊下で里見と出くわした。

「あら、高宮さん。お肌つやつやじゃないですか。スッポンでも食べました？」

「いや、食べちゃいないが、なんでかな。張り合いのある夜を過ごしているからかな」

「TikTokでも始めたんですか」

私は毎晩、明晰夢にチャレンジしていることを告げた。

「あー、なるほど。つまり毎晩、奥さまとデートの約束をしてるんですね。そりゃ肌ツヤもよくなりますわ。わたしもジャニーズのコンサートが近づいてくると、コンディションが上がってきますもん」

「ま、デートはすっぽかされっぱなしなんだけどね。それより、メイさんとの国際交流はうまくいったようだね」

「ええ、まあ」

あの晩、二人は銀座で天ぷらを食べたあと、夜パフェ屋へ行き、タワーのように大きなパフェを別腹におさめた。その様子は私とアスカのスマホに、逐一、写真つきで送られてきた。

「メイさん、まじで少女みたいにピュアな人でした。ああいう人じゃないとイルカも心を開かないんでしょうねぇ」

「あの人、いくつなの？」

「36。アスカくんより7歳上ですって」

「そっか。20代に見えるな」

「それより、聞いてくださいよ。あの晩もらったトリュフクッキーが美味しすぎて、娘と悶絶《もんぜつ》につぐ悶絶。遭難してクラッカーが1枚しかない人みたいに、大切にポリポリ、ひと齧りずつ食べて、『こんどボーナスが出たら一人1缶ずつ買おうね』って約束させられちゃいました」

「ボーナスまで待つんだ？」

「あれ、1缶1万近くしますから」

「そんなに⁉」

「よねむらを舐めてもらっちゃ困ります。わたしの〈里見シュラン・手土産編〉に三つ星で登録しておきました。高宮さんもわたしに貢ぎたい時はあれでいいですよ」

「承知しました、女王様」

そこからの3日間、私の明晰夢は空振りに終わった。

〈20日　×　夢の記憶なし〉

〈21日　×　一人でクルマを運転している。行き先は不明。運転しながら「妻を迎えに行かなくては」と思っている〉

〈22日　×　夢の記憶なし〉

明けて23日は休日で、アスカが午前中にうちを訪ねてきた。

「こんにちは。今日はよろしくお願いします。ドリップ珈琲を買ってきました」

「サンキュー。それじゃ2階へ行こう」

われわれは書斎で向かい合った。魏志倭人伝の講義をがっつり進める約束だった。

「早速いくぞ。この前の続きからだ」


　女王国より以北、其の戸数道里は略載す可《べ》きも、其の余の旁国《ぼうこく》は遠絶にして詳《つまびら》かにするを得可からず。


「ここまで、女王国より北の国々については、戸数や道里を記すことができた。しかしそのほかの国は遠く離れているので、詳細はわからない。

このあと、詳らかにできない国々の名前が挙げられる」


　次に斯馬《しま》国有り、次に巳百支《しはき》国有り、次に伊邪《いや》国有り、次に都支《とき》国有り、次に弥奴《みな》国有り、次に好古都《ここと》国有り、次に不呼《ふこ》国有り、次に姐奴《そな》国有り、次に対蘇《つそ》国有り、次に蘇《そ》奴《な》国有り、次に呼邑《こお》国有り、次に華奴蘇奴《かなそな》国有り、次に鬼《き》国有り、次に為吾《いご》国有り、次に鬼奴《きな》国有り、次に邪馬《やま》国有り、次に躬臣《くし》国有り、次に巴利《はり》国有り、次に支惟《きい》国有り、次に烏奴《うな》国有り、次に奴国有り。此《こ》れ女王の境界の尽くる所なり。

「最後の『女王の境界の尽くる所なり』というのは、ここまでが卑弥呼の権威が及ぶ範囲であるという意味だ」

「はい、先生」アスカが挙手した。

「なんだね、アスカくん」

「素朴な疑問なんですが、いま出てきた国々の地名を探せば、邪馬台国がどこにあったか分かるんじゃないんですか。少なくとも畿内か九州かくらいは」

「もちろんその試みもあった。しかし決定打とはならなかった。何度も言うようだが、古代中国音は誰にも再現できないんだよ。いま読みあげた国名も、無理やり現代音を当て嵌《は》めたに過ぎない」

「対馬や壱岐や末盧や伊都や奴は音が近かったのに、ここにずらっと記された国々は比定できないってことですか？」

「そうだ」

「もう一つ疑問があります。最後にまた奴国が出てきましたが、これって博多あたりにあった奴国とは別物なんですか」

「たぶん別物だが、確かなところはわからん」

「ふう」とアスカが溜息をついた。「なんだか投馬国が出てきたあたりから、急に意地悪なミステリーを読ませられているような気分になりますね」

「そうだな。たしかに魏志倭人伝は作者が結末を書き忘れたミステリーみたいだ。さあ、次は邪馬台国のライバルの登場だぞ」


其の南に狗奴《くな》国有り、男子を王と為す。其の官に狗古智卑狗《くこちひこ》有り。女王に属せず。


「女王国連合の南には狗奴国があり、男王がいた。官を狗古智卑狗という。狗奴国は女王国に服属していなかった。

この狗奴国というのは、現在の熊本県あたりにあった熊襲《くまそ》の国というのが定説だ。狗奴は熊本県の球磨《くま》に音が通じるし、狗古智卑狗も熊本県北部の菊池《きくち》郡を支配していた菊池彦に通じる」

「その国が邪馬台国と敵対していたってわけですね」

「ああ。卑弥呼はのちに『狗奴国と戦争が始まったから助けてくれ』と魏に泣きついている」

「狗奴国って強かったんですか？」

「強かった。のちに大和朝廷も熊襲には手を焼いたほどだからな。日本書紀には熊襲について〈その鋒当《さや》たるべからず〉と書かれている。その切っ先は強くて敵《かな》わないって意味だ。狗奴国のあったエリアからは考古学的な様相もガラッと変わってくる。鉄器がたくさん出てくるし製鉄遺跡も多い。邪馬台国連合が美しいけれど柔らかい青銅器をせっせと作っていた時代、狗奴国は強剛な鉄剣や鉄鏃《てつぞく》を作っていたらしいんだよ」

「なぜそんなことが可能だったんですか？」

「どうやら狗奴国は独自のルートで大陸と交易していたらしい」

「だけど九州北部の沿岸は、邪馬台国ががっちり押さえていたんでしょう？　どうやって大陸と通商したんですか」

「面白いものを見せよう」

私は抽斗《ひきだし》から東アジアの「逆さ地図」を取り出した。

「これは南北をひっくり返した地図だ。こうして視点を変えると、中国の船乗りにとって、日本は様々なところに船着場がある対岸のように見えてこないか？」

「たしかに」アスカは地図に見入りながら言った。

「それは倭人の船乗りにとっても言える。時は下って遣唐使の時代だ。日本は新羅《しらぎ》との関係が悪化したとき、朝鮮半島を通るルートを諦めて、九州から直接、江南へ行く航路を選んだ。季節ごとの風向きや海流を把握しておけば、必ずしも無茶なルートではなかったんだ」

環日本海・東アジア諸国図

富山中心正距方位図

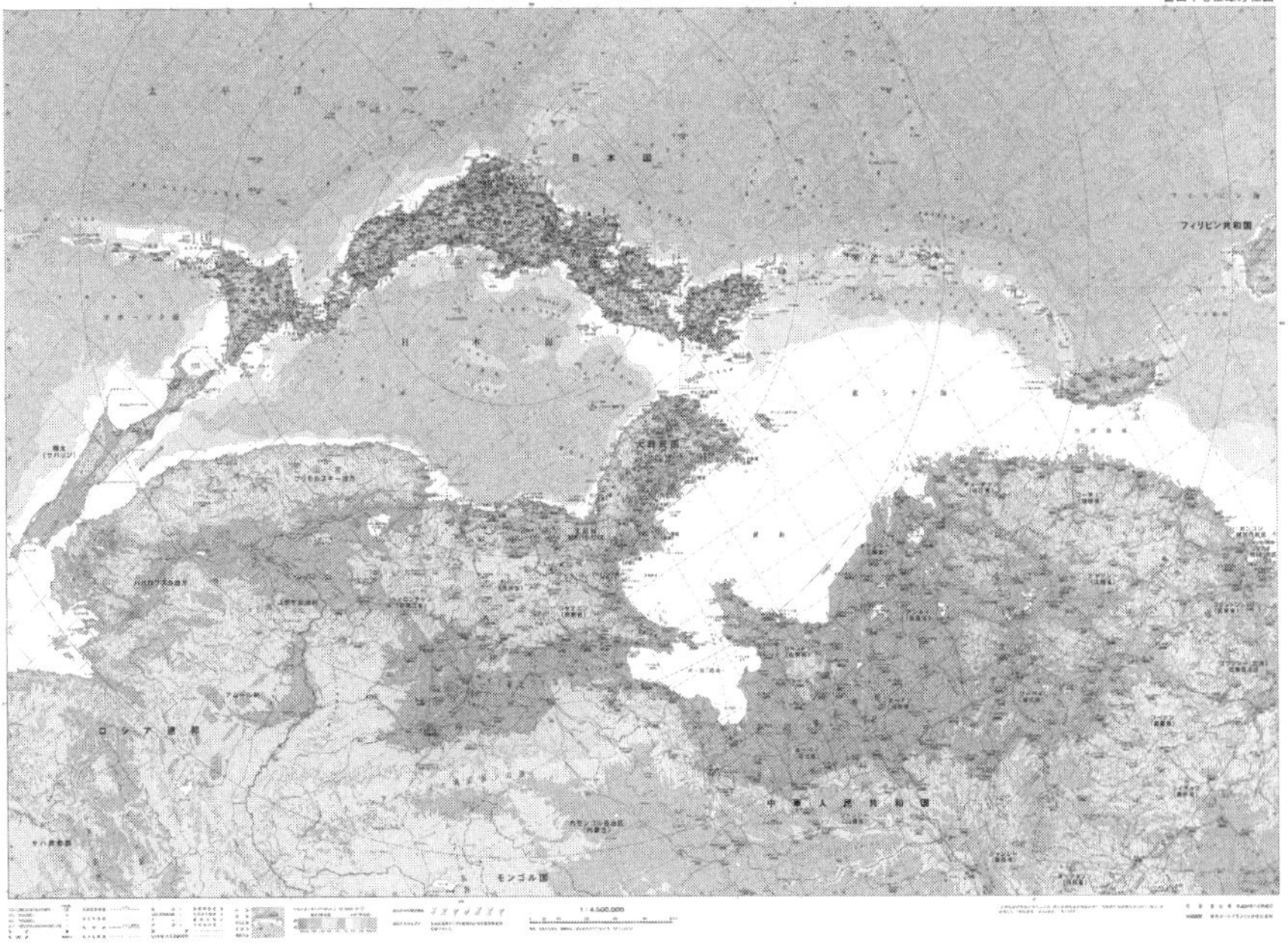


「つまり、狗奴国もそのルートで大陸と行き来してたってことですね」

「そうだ」

「しかし、東シナ海を一気に突っ切るのは、命がけだったのでは？」

「危険は少なくなかっただろう。だがこの航路が古くから存在したことには傍証がある。一つは稲の来た道だ。近年の稲のDNA研究によれば、コメは江南地方から直接九州へ渡って来た可能性が高い。長江下流域にあった呉や越《えつ》といった国からな」

「そこが倭人の原郷というお話でしたね」

「ああ。なにせ船を揺りかごにして育った連中だから、東シナ海は大きな湖のような感覚だったのかもしれん。俺たちには想像もつかんが。狗奴国が大陸とやりとりしていた傍証はまだあるぞ。たとえば熊本の才園《さいぞの》古墳から出た金メッキの鏡はとても珍しいものだが、これは江南地方で作られたものだ。あと、倭人字塼《じせん》も大きな傍証となる」

「なんですかそれは」

「塼とはレンガのことだ。西暦170年ごろに呉の会稽《かいけい》にあったレンガに、こんなことが記されていたんだよ。

〈有倭人以時盟不〉

訓《よ》み下すと、〈倭人有り。時を以て盟することあるや否や〉となる。

これには何通りかの解釈があるが、一番しっくりくるのは『倭人が江南の勢力に盟約〈後ろ盾〉を求めに来た』というものだ。

西暦170年ごろといえば、あとで出てくる『倭国大乱』の時代で、倭人社会は大戦争状態にあった。もちろん狗奴国も絡んでいたはずだ。そんな倭国大乱の最中に、華北ではなく、江南に盟約を求めに来た倭人グループと言えば、狗奴国しか思い浮かばない」

「すると邪馬台国と狗奴国の戦争は、魏と呉の代理戦争だったと言えますか？」

「それは言い過ぎだろう。だが冷戦時代の例を持ち出すなら、北ベトナムがソ連をバックにつけて、南ベトナムがアメリカをバックにつけた状況と似ているかもしれん」

「逆に言えば、狗奴国だって大陸と交易していなければ、魏と交易していた邪馬台国に、ひと捻《ひね》りで潰されていたかもしれませんね」

「そのとおりだ。あれやこれやを総合すると、狗奴国が東シナ海ルートを使って呉とやりとりしていた可能性は相当高い。なにせ倭人は——これもあとで出てくるが——呉の王族の子孫を自称していたほどだからな。ルーツがそこにあるのなら、航路が存在するのも当然だ」

「魏にとって最悪のシナリオは、呉と盟約を結んだ狗奴国が、邪馬台国連合を破って、朝鮮半島を攻め上がってくることですよね。そこで呉と挟撃されたら、せっかく取り戻した楽浪・帯方を失うばかりか、魏の本国すら危うくなる。ランドパワー国家の魏にとって、シーパワーの呉＆狗奴国連合はそれなりに脅威に映っていたってことですかね」

「そうだな」

「だから魏にとっていちばん都合がいいのは、従順な邪馬台国連合が倭人社会を束ねてくれること。それが東方経営の安定につながり、ひいては自分たちが宿敵の呉蜀に集中できるってお話でした。つまり魏志倭人伝は、『魏が天下統一するために、倭人にどんな使い道があるか』を探る基礎資料だったってことですね」

「そのとおりだ」

「あ、……ちょっとクニの数をかぞえていいですか」

そう言ってアスカは魏志倭人伝に記されたクニを数え始めた。

「おー、ちょうど30だ。冒頭にあった〈使訳《しやく》通ずる所三十国〉というのはキリがいいからアバウトな数字だろうと思ってました。でもこれ、狗邪韓国か狗奴国をカウントしないと30になりませんね」

「そうだっけ」

恥ずかしながら私はこの数十年、カウントしたことはなかった。その発想すらなかった。アバウトな記者だったのだと、今更ながら苦笑するほかない。

「魏と狗奴国は交流があったんですか」

「なんとも言えんが、狗奴国の王の名前が伝わっていたところを見ると、もとは交流があったのかもしれん。あるいは公孫氏が帯方郡を押さえていた時に、狗奴国も朝貢していたか。魏がその記録を引き継いだ可能性はある」

「なるほど。いずれにせよ、陳寿が自分の裁量でどうにかなる数字に関しては、整合性を重んじる書き手だということはわかりました。続きをお願いします」


郡より女王国に至る萬二千余里。男子は大小と無く、皆黥面《げいめん》文身す。古《いにしえ》より以来、其の使、中国に詣《いた》るや、皆自ら大夫《たいふ》と称す。夏后《かこう》の少康《しょうこう》の子、会稽に封ぜられ、断髪《だんぱつ》文身、以て蛟竜《こうりゅう》の害を避く。今、倭の水人《すいじん》、好んで沈没して魚蛤《ぎょこう》を捕へ、文身し亦以て大魚・水禽《すいきん》を厭《はら》う。後稍《のちやや》以て飾《かざり》と為す。諸国の文身各《おのおの》異り、或《あるい》は左に、或は右に、或は大に、或は小に、尊卑差有り。其の道里を計るに、当《まさ》に会稽の東治《とうち》の東に在るべし。

「帯方郡から女王国までは1万2000里ほど。男子はみんな入れ墨をしている。中国に来る倭の使いは、昔からみな大夫と自称した。

夏の少康王の子が会稽に封じられたとき、断髪と入れ墨をして龍の害を避けた。倭人の入れ墨もサメなどから身を守るためだったが、のちに飾りとなった。国によって入れ墨の模様が異なり、大小左右や身分によっても違いがある。

帯方郡からの道里を計算すると、邪馬台国は中国の会稽東治の東あたりに位置しそうだ。

ちなみにこの『帯方郡から女王国まで1万2000里』という箇所は九州説論者の目が輝くところだ。というのも、不弥国までですでに1万700里を費やしているから、残りは1300里。つまり100㎞ほどだ。これなら邪馬台国が九州を出ることはほぼない」

「陳寿もそのことに気づいていたでしょうから、妥当に聞こえますが」

「ところが畿内説論者に言わせると、この1万2000里という数字に実態はない」

「どういうことですか?」

「古来の中国の世界観によれば、文明が及ぶ範囲は中国の都から3000里四方が限度とされていた。それより弱い実効支配が及ぶのが東西南北2万8000里ほど。つまり東だけに限れば1万4000里だ。ここから中心地の3000里を引くと、だいたい1万1000～2000里ほどが残る。つまりそこまでが中華文明と関わりを持てる蛮族の境界だった。その外にいるのは化外《けがい》の民。つまり記録するに値しない化け物どもの世界というわけだ」

「陳寿もその世界観を踏襲したってわけですね」

「そうだ。三国時代には〈方三千里〉が〈方万里〉になっていたと言うが、それでも1万2000里がある種の境界だという概念は残っていた。作家の松本清張《まつもとせいちょう》もこの説を重視した。たしかそう書かれた本があったはずだが……」

私は本棚から清張の『〈倭と古代アジア〉史考』を取り出し、その箇所を探した。

「あったあった。読み上げるぞ。

――万二千余里とは、もちろん一万二千余里のことである。これも実数ではなく単に朝貢する外国との遠い距離を表現する虚数にすぎない。

【漢書】の『西域伝』には、都の長安から、いわゆる夷蛮朝貢国の王城までの距離を一万二千里に計算できる数字で現わしている。

『大宛《だいえん》国。（中略）長安を去ること万二千五百五十里。
烏弋山離《うよくさんり》国。長安を去ること万二千二百里。（中略）
安息《あんそく》国。（中略）長安を去ること万一千六百里。（中略）

大月氏国《だいげっし》。（中略）長安を去ること万一千六百里。（中略）

康居国《こうきょ》。（中略）長安を去ること万二千三百里。（中略）』。

（中略）

端数を四捨五入すれば『万二千里』の台となる。以上、僻遠《へきえん》の地域の距離が実数でないことはもちろんである。ただ遥かにも遠いという観念をこの数字で表現したにすぎぬ
――」

「なるほど。西域を持ち出すのは鋭い立証の仕方ですね」

「さすが名作ミステリー『点と線』の作者といったところだ」

「叔父さんはこれについてどうお考えですか？」

「申し訳ないが、陳寿の頭の中を覗いてみないとなんとも言えん。あくまで数字に整合性を求めていたのか。それとも『1万2000里』や『水行20日』は、『白髪三千丈』ふうに『とても遠い』の比喩に過ぎなかったのか。

とにかく昔の漢文っていうのは、こういうものなんだよ。夢の話じゃないが、それこそ多義的で、曖昧で、幾通りにも解釈できて……。

ちなみにここに出てきた倭人の入れ墨は、漁民のパスポートだったという説がある。絵柄が違えば、水死体が見つかったとき、どこのクニの民か見分けることができたからだ」

「なるほど。入れ墨はある種の民族衣装であり、強烈なアイデンティティでもあったわけ

ですね」

「ああ。どこの誰とも知れぬ水死体でもねんごろに弔うのは、海洋民に共通する文化であったらしい。次からしばらく倭人の風俗が続くゾーンだから、端折《はしょ》りつつ見ていくぞ」


其の風俗淫《いん》ならず。男子は皆露紒《ろかい》し、木緜《もめん》を以て頭に招《か》け、其の衣は横幅《おうふく》、但《ただ》結束して相連ね、略《ほぼ》縫ふこと無し。婦人は被髪屈紒《ひはつくっかい》し、衣を作ること単被《たんぴ》の如く、其の中央を穿《うが》ち、頭を貫きて之を衣《き》る。禾稲《かとう》・紵麻《ちょま》を種《う》え、蚕桑緝績《さんそうしゅうせき》し、細紵《さいちょ》・縑緜《けんめん》を出《い》だす。其の地には牛・馬・虎《とら》・豹《ひょう》・羊・鵲《かささぎ》無し。兵には矛《ほこ》・楯《たて》・木弓を用ふ。木弓は下を短く上を長くし、竹箭《ちくせん》は或は鉄鏃、或は骨鏃《こつぞく》なり。有無《うむ》する所、儋耳《たんじ》・朱崖《しゅがい》と同じ。


「倭の風俗は淫《みだ》らではない。男子は髪を両耳の横で束ね、木綿を頭に巻いている。婦人は髪を曲げて束ねている。服は貫頭衣だ。コメを植え、蚕を飼っている。牛や馬や虎なんかはいない。産物は海南島《かいなんとう》と似ている。兵士は矛と楯と弓を用いる。

先ほど『邪馬台国は中国の会稽東治の東あたり』とあったが、ここでも『倭国の産物は海南島と同じ』と言っている。実際には、海南島は沖縄より南だから、陳寿の印象では倭はよほど南方にあったんだろうな」

「魏使たちは華北の人が多かったんじゃないですか。寒冷地の出身だから、『倭ってあったかい』というバイアスがかかっていたのかも」

「そうだな。まさに次の条は『倭ってあったかい』で始まる」


倭の地は温暖、冬夏生菜を食す。皆徒跣《とせん》。屋室有り、父母兄弟、臥息処《がそくところ》を異にす。朱丹《しゅたん》を以て其の身体に塗る、中国の粉《ふん》を用ふるが如きなり。食飲には籩豆《へんとう》を用ひ手食す。其の死には棺《かん》有るも槨《かく》無く、土を封じて冢《ちょう》を作る。始め死するや停喪《ていそう》十余日、時に当りて肉を食はず、喪主哭泣《そうしゅこくきゅう》し、他人就《つい》て歌舞飲酒す。已《すで》に葬《ほうむ》れば、挙家《きょか》水中に詣《いた》りて澡浴《そうよく》し、以て練沐《れんもく》の如くす。


「倭の地は温暖で、冬も夏も生野菜を食べる。みな裸足《はだし》である。間仕切りのある家屋に住み、父母兄弟は別々の場所で寝る。身体に朱を塗るのは、中国で白粉《おしろい》を用いるような感覚だろう。食事は手づかみ。人が死ぬと棺をつくり、土を盛る。死から10日ほどは喪に服す。その間は肉を食べず、大声で泣き、他人は歌ったり飲んだりする。埋葬が終わると、水に入って身を清める。中国の練沐のようだ」

「それにしても、魏使たちはよく観察してますね」

「それが仕事だからな。昔の日本人の生活を知りたかったら、外国人の記録を読むのが一番だよ。戦国時代の宣教師も、幕末明治のお雇い外国人も、じつによく観察してる」

其の行来、渡海し、中国に詣るには、恒《つね》に一人をして頭を梳《くしけず》らず、蟣蝨《きしつ》を去らず、衣服垢汚《こうお》、肉を食さず、婦人を近づけず、喪人《そうじん》の如くせしむ。之を名づけて持衰《じさい》と為す。若《も》し行く者吉善《きちぜん》なれば、共に其の生口・財物を顧《こ》し、若し疾病有り、暴害に遭へば、便《すなわ》ち之を殺さんと欲す。其の持衰謹《つつし》まずと謂《い》へばなり。

「倭人が海を渡って来るときは、持衰という者を立てる。彼には髪を梳《と》かさせず、虱《しらみ》は湧くままで、衣服も着替えさせない。肉を与えず、女性も近づけさせず、まるで喪に服しているようにさせる。それで航海が無事に終われば、持衰に奴隷や財物を与える。しかし、航海の途中で病人が出たり、暴風雨にあったりしたら、持衰の慎しみが足りなかったせいにして殺す」

「一種の生け贄《サクリファイス》ですね」

「そうだ」

「ぼさぼさの格好で舳先《へさき》に立つ持衰の姿が目に浮かんできますよ。さぞかし必死に航海の無事を祈っていたことでしょうね」

「命がけだからな」

「ところでこの持衰というのは音訳ですか。つまり倭人たちが〝ジサイ〟みたいな音で呼んでいた？」

「その可能性は高いが、ここは意味内容と字面がマッチしてるような気もするんだよ。〝衰えを内に持する者〟。どうだ？　なんとなく職務内容をイメージさせないか」

「……言われてみれば」

「中国では昔から外国を卑しんで卑字を当ててきた。だが時どき内容を汲《く》んで文字を選ぶことがある。たとえば奴も邪馬台も卑字だが、伊都だけは雅字だ。これは伊都国がかつて倭国の都であったことを汲んでそう表記してくれたのかもしれん。あるいは字の読める倭人がそうリクエストしたか。後者が正解かもな。頼まれもしないのに中国サイドが雅字を当てる必要はない」


　真珠・青玉を出だす。其の山には丹有り。其の木には枏《たん》・杼《しょ》・豫樟《よしょう》・楺《じゅう》・櫪《れき》・投《とう》・橿《きょう》・烏号《うごう》・楓香《ふうこう》有り。其の竹には篠《しょう》・簳《かん》・桃支《とうし》。薑《きょう》・橘《きつ》・椒《しょう》・蘘荷《じょうか》有るも、以て滋味と為すを知らず。獮猴《びこう》・黒雉《こくち》有り。

　其の俗、挙事行来に、云為《うんい》する所有れば、輒《すなわ》ち骨を灼《や》きて卜《ぼく》し、以て吉凶を占ひ、先づ卜する所を告ぐ。其の辞は令亀《れいき》の法の如く、火坼《かたく》を視《み》て兆を占ふ。


「倭では真珠と翡翠《ひすい》がとれる。山には赤土がある。木にもたくさんの種類がある。山椒《さんしょ》や茗荷《みょうが》もあるが、これが旨《うま》いことを倭人は知らない。赤毛猿や黒キジもいる。何かを決めるときは動物の骨を焼いて吉凶を占う。そのやり方は中国の令亀の法に似ている。骨にできた裂け目で占うのだ」

其の会同・坐起《ざき》には、父子男女別無し。人性酒を嗜《たしな》む。大人《たいじん》の敬《けい》する所を見れば、但手を搏《う》ち以て跪拝《きはい》に当《あ》つ。其の人寿考《じゅこう》、或は百年、或は八、九十年。其の俗、国の大人は皆四、五婦、下戸《げこ》も或は二、三婦。婦人淫せず、妬忌《とき》せず、盗竊《とうせつ》せず、諍訟《そうしょう》少なし。其の法を犯すや、軽き者は其の妻子を没し、重き者は其の門戸《もんこ》及び宗族《そうぞく》を滅す。尊卑各差序有り、相臣服《あいしんぷく》するに足る。租賦《そふ》を収む邸閣《ていかく》有り、国国市《いち》有り、有無を交易す。大倭《たいわ》をして之を監《かん》せしむ。

「倭人の集まりでは、座り順に父子や男女の区別はない。みんな酒好きである。身分の高い人を敬うときは手を打つ。倭人は長生きで80歳から100歳くらいの人が結構いる。身分の高い人は4、5人の妻を持ち、身分の低い人でも2、3人の妻を持っている。婦人は貞節で嫉妬しない。窃盗はせず訴訟も少ない。法を犯したら罪の軽い者は妻子を没収し、重い者は家族や一族を滅ぼす。身分の尊卑や上下関係はきちんと保たれている。租税を蓄えておく大きな倉庫がある。国々に市があり交易している。大倭にこれを監督させている」

「倭人がこんなに長生きだったって本当ですか？」

「ありえないよな。謎とされる箇所だが、一説では倭人は春と秋で一つずつ歳《とし》を取るカウント法を採用していたらしい。それならここで言う１００歳は50歳ってことになる。50歳なら中国でも珍しくなかっただろうと思うのはいまの感覚で、当時は人口が８割も減ったという三国志の時代だ。戦乱の世では、まず老人と子供が犠牲になる。だから魏使たちは、倭で80歳の老人を見てびっくりしたのかもしれん。

　ちなみに縄文人の平均寿命は20歳と言われるが、それは乳幼児の死亡率が高かったから平均値を下げているだけだ。20歳を超えるまで無事だった人は、普通にいい歳まで生きていたそうだよ」

「縄文人は理想的な糖質オフ生活だから、さぞかし健康だったでしょうね」

「ああ。弥生時代に入ると虫歯や腰痛の痕跡をもつ人骨が急増する。どちらも稲作社会がもたらした弊害だ」

「僕は弥生人より縄文人のほうが幸せだったと思うな」

「同感だ」

「だいたいコメへの一点賭けは危険すぎますよ。どんなに祈っても、数年ごとに悪天候や氾濫で飢饉《ききん》に襲われる。せっかく実った作物も支配者に収奪される。戦争や巨大建築の労役に駆り出される。獲物が少なくなったら、みんなでテントをたたんで移住できる縄文人のほうがどれだけ気楽だったか。じつは労働時間も、狩猟採集社会の方がうんと短かったそうですね」

「詳しいんだな」

「へへへ。全部『サピエンス全史』の受け売りです」

「なるほど。あれは30年に一度の名著だ」

「僕はあれを読んでから、定住社会へのささやかな抵抗として、放浪者《ノマド》スタイルで仕事をしています。ＰＣとピーナッツを抱えてカフェを渡り歩くんです」

「なんでピーナッツなんだ？」

「健康のために1日14粒食べるようにしてるんです。叔父さんも召し上がりますか。血圧が下がりますよ」

　アスカがカバンからピーナッツ袋を取り出した。私は「こりゃどうも」と一つ口に放り込んだ。するとそれまで黙っていた腹の虫が動き出すのを感じた。

「そろそろ昼メシにするか。近くにトンカツ屋があるんだ。健康志向のところ申し訳ないが、たまにはいいだろ。見た目はちょっと白っぽく揚がってるんだ」

「お供します」

「その前に、俺の夢ノートを見てくれ」

アスカは私が差し出したノートに目を走らせ、

「ヒミコが夢に……」

とつぶやいた。そしてしばらく考え込んだ。

「とても興味深い方向に向かっています。今後は登場人物のディテールを、できるだけ細かく観察してください。たとえばどんな靴を履いていたか。どんな服を着ていたか。どんな喋り方をしていたか。全体の印象はどうだったか。意識するだけで、見えてくるものも多いと思います」


トンカツ屋では二人とも上ロース定食を頼んだ。

食べ終わる頃には、ラードと白飯の破壊的な満腹感により、午後の講義を再開する気力は湧いてこなかった。

それはアスカも同じだったようで、私たちはうちへ帰ると、どちらからともなく解散することに決した。アスカは私の本棚から古代史関連の参考文献を15冊ほど選び、両手に抱えてタクシーで帰っていった。

## ⑺

アスカが突如、新聞社を訪ねてきた。

予告なしの来訪に、首を傾げつつロビーへ降りていくと、アスカは蒼白な顔で告げた。

「メイが失踪しました。会合に出席して部屋に戻ったら、スーツケースと一緒にいなくなっていたんです」

「なぜ？」咄嗟《とっさ》に私の脳裏に浮かんだのは、アスカと喧嘩していると言ったときのメイの表情だった。

「うーん……」

アスカは心ここにあらずといった様子で項垂《うなだ》れた。とりあえず三人寄れば文殊の知恵と、里見に内線を入れると、彼女はすぐに降りてきてくれた。

「なになに、どうしちゃったんですか⁉」

「メイが家出したんです。『一人になりたいから捜さないでくれ』ってメモを残して。捜さないほうがいいですかね？」

「ばかっ！」

里見が形相を変えた。ばか？

「捜さなかったら一生恨まれるに決まってるでしょ」

「だけど電話もメッセンジャーも繋がらないし……」

「こっちに親しい人はいるのか？」私はたずねた。

「いないはずです」

「帰国しちゃった可能性は？　ホームシックとかで」

「ないと思いますが……」

とりあえず座れるところに行こう、という里見の提案で、われわれは社食に移動した。周囲に誰もいないテーブルを確保したあと、紙カップの緑茶を持っていくと、アスカはひと息で飲み干した。そして「じつは最近、うまくいってなかったんです」と語り始めた。

「原因は不妊治療です。メイは2年前に自然妊娠しました。『ベビーが生まれたら籍を入れようね』と話していたんですが、流産してしまって。それから授かることはありませんでした。それで今年の初めに『そろそろ不妊治療にチャレンジしてみないか』って言ったんです。メイは今年で37歳になるから。そしたら『そこまでして欲しくはない』と言われて、すごく驚きました。てっきり彼女もベビーを欲していると思い込んでいたからです。それ以来、ぎくしゃくしたままでした」

「お前は、子供が欲しいんだな？」

私がたずねると、アスカは静かにうなずいた。

「メイが妊娠するまでは『自然に授かったら、授かったでいいかな』くらいに考えていたんです。だけど彼女が妊娠してからは、自分でも不思議なくらい待ち遠しくて。今じゃ、子供のいないライフプランなんて考えられない程になってしまいました。この気持ちの持って行き場がなくなってしまったんですよ。自分でも本当に不思議なんですが」

その気持ちはよくわかった。私も30歳から40歳くらいにかけては子供が欲しくて仕方なかった。どうしてうちは子宝に恵まれないのだろう、とずっと思い悩んだ。もし男の子が生まれたら、一緒に遺跡めぐりがしたかった。もし女の子だったら——私は各地で発掘される土偶には、子供のお守《も》り役を果たすものもあったと思っているので——土偶のぬいぐるみをプレゼントしてあげたかった。私にもそんなささやかな〝夢〟があったのだ。

ただしわが家の場合は、「自然に授からなければ仕方ないよね」と妻と合意に達していた。だから治療らしい治療はしなかった。子供を諦めざるをえない年齢にさしかかると、二人ともその話題にはぴたりと口を閉ざし、心の井戸の底に封印した。

それでもしばらくは、街中で子供を連れたファミリーなどを見かけると、お互いなんとなく気まずかった。子供の愛らしさを強調するようなドラマも、つとめて避けていたように思う。やがて〝子供〟よりも〝孫〟に目が行き始める年齢になった矢先、妻は天に召された。まさに青天の霹靂《へきれき》だった。

「メイさんの意志は固いのか？」

「はい。この話題になると決まって不機嫌になって、最近では喧嘩にならない方が珍しいくらいでした。それでも日本《こっち》に来てからは、まあまあ仲良くやっていたんですよ。メイは本国でもディズニーに行ったことがないから、東京でディズニーデビューしようねって。だけど今朝、ちょっとしたことから言い争いになってしまって、それで……」

「そうだったのか……」

　窓の外に目をやると、秋の夕暮れが迫っていた。妻が買い物に出かけたまま帰らぬ人となった夕方のことを思い出していたら、そこにメイの顔が重なった。妻の名前は芽衣子《めいこ》といったから、メイと芽衣子で弱い連想が働いたのだろうか。あるいは、私は妻を亡くしたあと「妻は亡くなったのではなくて、長い家出をしているのだ」と自分に言い聞かせる空しい努力を重ねた時期があるので、そこからの連想かもしれない。

　男女の別れは、しばしば死別の暗喩《メタファー》で語られることがある。しかし両者のあいだにはやはり大河が流れていると言わざるを得ない。アスカとメイは、たとえ別れたとしてもすぐに逢える。私と妻はもう逢えない。そう、夢の中でくらいしか。

　そんなことをぼんやり考えていたら、それまで黙っていた里見が、

「じつはわたしも、不妊治療の経験があるんですよね」

　と言った。

「えっ？」

私とアスカは同時に里見の方を見た。

「2年半やりましたけど、本当に辛くて。思い出したくない日々なんで、ほとんど誰にも話したことはありません。だって想像してみてください。高いお金を払って、知らない人にお股を開いて、痛い思いして、『またダメだったか』って落胆する日々が続くんですよ。治療中って、『わたしは女としてダメなところがあるんじゃないか』という引け目を常に感じてるから、ちょっとした言葉に傷つくんですよね。わたしの場合もそうでした。『子供はお母さんを選んで生まれてくるらしいよ』って言われると、『それじゃわたしは選ばれなかったわけね』って僻《ひが》む。『産んでからの方が大変だから』って言われると、『マウンティングしてくるんじゃねぇよ』って妬《ねた》む。『いざとなったら養子って手もあるから』って言われると、『自分が同じ立場でもそんな気軽に言える?』って嫉《そね》む。

あのあいだは人生最高にネガティブでした。不妊治療を勧めてきてくれた先輩お母さんを恨んだし、子供を授かった学生時代の友人の『生まれてきてくれてありがとう』ってFacebookを見て、心のなかで勝手に縁を切ったりして。なんでわたしだけこんな目に遭わなきゃいけないの、っていつも泣いてました」

里見の目には青い炎が宿っていた。過去に対して怒っているのだ。

「不妊治療中って、授からないと、いくつも病院を変えて漂流することが多いんですが、医者にもデリカシーがないのがいて。

『これまでどんな治療をしてきたの？』

『こんな治療をしてきました』

『ああ、あの治療はエビデンスがないのに無駄なことしたね』

こっちはその治療に、わらにも縋《すが》る気持ちで70万と半年を掛けたんですよ。言い方ってもんがあるでしょ？

わたしは三つ目の病院で、毎日のようにホルモン注射してから出社してました。痛い思いしてようやく五つの卵を採って、大切に大切に育てていたのに、ひとつ死に、ふたつ死に、結局『全滅しました』ってメールが来ました。これでまた1年と３００万がパーです。そしたら医者が『卵が悪すぎたんだね』って。『お前の技術が足りなかったんだろうが！わたしのせいにすんなや！』って叫びたかったですよ」

里見はそこで一呼吸置き、声を落とした。

「わたしの場合は二度目の流産で完全に心が折れました。もうすべてが嫌になったけど、これまで掛けてきた費用や痛みや屈辱のことを考えると、諦めるのも嫌で。『取り戻すまで賭け続けなきゃ』っていうギャンブル依存症の人の気持ちが初めてわかりましたよ」

「そんな大変な目に遭っていたのか……」

「これがラストチャンスって覚悟で臨んだ治療で娘を授かりました。旦那が生きてるうちに娘を見せてあげられて、ほんとそこだけは……」

声が湿り気を帯び、里見はハンカチで目許をぬぐった。彼女の旦那が若くして癌《がん》と闘病し、娘さんが1歳のときに亡くなったことは知っていたが、不妊治療でここまで苦しんだ時期があったとは知らなかった。これまでより里見が立派な人間に見えてきた。

「ふーっ。なんか喋ったらスッキリしました。アスカくんに言いたかったのは、男の人は無責任なこと言っちゃダメってこと。産むのは女なんだから」

「だけどメイはまだ治療したことはないのに、やらないうちから――」

「それは違うぞアスカ」

「それは違うよアスカくん」

二人の声が重なった。

私は里見に発言権を譲った。

「たぶんメイさんはいろいろ情報を集めたと思う。そのうえで嫌だって言ってるんだから、ほんとに嫌なんだよ。高宮さんどうぞ」

「だいたい同文だが、これは説得案件じゃないと思う。もっと違うものが求められているんだよ」

「たとえば？」

「それは自分で考えてくれ。パートナーのことはパートナーにしか分からないんだから」

「アスカくんが、どんげかせんといかんのですよ」

里見がお故郷《くに》言葉で言うと、アスカは無言でうなずいた。来たときより、だいぶ落ち着いてきたように見えた。

「これからどうするんだ」

「とりあえずホテルに戻って、メイからの連絡を待ちます」

「それならあとで俺も寄るから、また階上《うえ》のバーで軽く飯でもどうだ」

「いいですね」

「里見はどう？」

「今日は帰って、娘にご飯をつくらなきゃ」

「そうか」

私たちはエントランスまで降りて行った。

アスカの背中を見送りながら、

「若いですね」と里見が言った。

「ああ、若い」と私はうなずいた。

若いとは、真剣なことだ。真面目《まじめ》なことだ。不器用で、ちょっと苦しいことだ。若さが羨ましくないと言えば嘘になるが、疎ましいことも多かったように思う。それでもやはり、晩秋に思い出す夏のように懐かしい。

光陰矢の如し、という言葉がおのずと胸に去来した。

すこし早めに仕事を切り上げて、ホテルのバーへ向かった。アスカはカウンターで水割りを飲みながら待っていた。

「メイから〈しばらく知人のところに泊まる〉と連絡がありました」

「そうか。ひとまず安心だな」

私もスツールに腰かけ、ハイネケンを注文した。

「メイにこっちに知人がいるなんて知りませんでしたよ」

「まあ、いろいろあるさ」

「だけど里見さんの話はショックでした。僕が考えてたより何倍も過酷な道で」

「そうだな。……ところでフロイトは、『夢とはその人の作品だ』って言ったんだろ?」

「ええ、そうですが」

話の先が見えないのか、アスカは秀麗な眉をわずかに曇らせた。

「ここへ来る途中で考えたんだ。『夫婦関係も同じじゃないかな』って。夫婦って、二人で築く作品なんだよ、きっと。序章があって、クライマックスがあって、必ず結末がある。二人の意思でハッピーエンドにもなれば、バッドエンドにもなる。創作物だから失敗も多いけど、やり直しもきく。単発ドラマで終わってしまうこともあれば、大河ドラマになることもある」

「なるほど……。叔父さんと叔母さんは、何年連れ添ったんでしたっけ」

「27年だ」

「長いですね」

「ああ、長い。だが振り返れば、一瞬にも感じられるよ。まるで明晰夢のようにな。そういえばお前は、メイさんに俺を紹介するとき、She was his dream って言っただろ。あれってどういう意味だったんだ？」

「彼女は彼の憧れだった、というのが一番ぴったりくるかな」

「ドリームにはそんな意味もあるのか」

「ええ。これが She is his dream と現在形になると、彼女は彼の希望である、となります」

「……ふむ」

私はすこし意気消沈した。現在形と過去形の違いが、アスカと私の違いそのものだったからだ。すなわち、現在《いま》を生きる者と、過去に生きるほかない者である。私は苦い気持ちでビールに口をつけた。

「みんなの中に検閲官がいるっていうのも、考えてみれば当然だよな。自分でも知りたくないことって山ほどあるもん。夫婦でもそうだし」

「へぇ。叔父さんにもあったんですか」

「もちろん」

「たとえば？」

「たとえば、妻のほんとの気持ち。他にもアタックしている奴《やつ》がいたから、俺と結婚したことを本当は後悔してるんじゃないかとか、生まれ変わったらほかの男と一緒になりたいと考えてるんじゃないかとか」

「それはお互いさまでしょう」

「まあな。だからやっぱり検閲官にチェックしてもらう必要があるんだよ、みんな」

私はここに来る途中で、もう一つ心に浮かんだことがあった。それは、

——私の検閲官は、子供を持てなかった恨み辛みを隠してくれているのではないか、ということだ。

もし子供がいたら、妻を亡くした悲しみも、ここまで絶望的ではなかったのではないか。子供が妻の形見とでもいうような……。

井戸の底でそう考えていそうな自分を発見した気がしたのだ。それなら私が夢の中で階段を踏み外して落ちてゆく、妻のいるグレーな空間は、妻の胎内かもしれない。もちろん素人分析には違いないが、それなりに筋は通っているように思えた。

うーん、とアスカが伸びをした。

「ところで叔父さんは、叔母さんのことをずっと『妻』って言っていたんですか」

「そうだけど、それがどうした？」

「ちょっと新鮮だったんです。僕はまだ籍を入れてないからワイフって呼べないので。それにほら、日本語にはいろいろ呼び方があるでしょう？　どうやって選ぶのかなって」

「言われてみれば、どうしてだろう。『うちの』とか『家内』とか『嫁さん』って呼び方はしっくりこなかったな」

「そういう語感選択にこそネイティブの感覚《センス》があらわれるんですよね。陳寿の駢儷文みたいに。さて、この名前も出たことですし、そろそろ続きをお願いします」

アスカが魏志倭人伝のコピーを取り出したのを見て、私は椅子から転げ落ちそうになった。

「おい、本気かよ」

パートナーが失踪した晩にも好学心が衰えぬとは、いったいどういう精神構造をしているのだろう。

「それはそれ。これはこれですよ」

アスカが見透かしたように言った。彼との会話では、しばしばこういう事が起こる。

私は酔いざましのためにトニックウォーターを頼み、二人の真ん中にコピーを置き、バーカウンターで講義を始めた。

女王国より以北には、特に一大率を置き、諸国を検察せしむ。諸国之を畏憚《いたん》す。常に伊都国に治《ち》す。国中に於《お》いて刺史《しし》の如く有り。王、使を遣はして京都《けいと》・帯方郡・諸韓国に詣り、及び郡の倭国に使するや、皆津《つ》に臨みて捜露《そうろ》し、文書・賜遺《しい》の物を伝送して女王に詣らしめ、差錯《ささく》するを得ず。

「女王国より北には、とくに一大率を置き、諸国を監察させている。諸国はこれを畏《おそ》れている。一大率は伊都国にいて、中国でいう監察官のような役割を担っている。卑弥呼が外国へ使いを送るときや、逆に帯方郡から使いが来たときは、伊都国の港で一大率が中身を点検する。そのお陰で女王のもとに文書や賜物が間違いなく届くのだ」

「また伊都国が出てきましたね」

「ああ。伊都国は使者たちが駐留した場所だから、レポートも多かったんだろうよ」

「そこに卑弥呼のお目付役がいた、と」

「そうだ」

下戸、大人と道路に相逢《あいあ》へば、逡巡《しゅんじゅん》して草に入り、辞を伝へ事を説くには、或は蹲《うずくま》り或は跪《ひざまず》き、両手は地に拠《よ》り、之が恭敬《きょうけい》を為す。対応の声を噫《ああ》と曰ふ、比するに然諾《ぜんだく》の如し。

「身分の低い者が道ばたで高貴な者に会うと、後ずさりして脇の草むらに入る。なにか事情を説明するときは、うずくまったり、ひざまずいたりして、両手を地面につける。それに応じる声は『ああ』という。中国で承諾するときに出す声みたいなものだ」

「あれ？　この前は『身分の高い人を敬うときは手を打つ』って出てきませんでしたっけ。それなのに、ここでは蹲ったり平伏したりしている。どういうことですか？」

「言われてみればそうだな。今まで考えたこともなかったが」

「なんでだろう？」

アスカは腕を組んで考え、

「つまり、こういうことか」

と眉を開いた。

「倭ではクニごとに入れ墨の絵柄が違ったように、上下関係の風習も違った。しかし陳寿にはどれがどの国の風習かわからなかった。だからとりあえず並記した」

「まあ、そんなところかもしれんな。俺たちだって旅の土産話をせがまれたら、いちいち『これはロサンゼルスの風習で、これはサンフランシスコの風習で』って断ったりしないもんな。ざっくりアメリカの風習とするはずだ」

「となると、陳寿がやっていたのは、やっぱり〝夢の作業〟に似ているな」

「なんだそれ」

「夢を見るとき、僕らの脳が行っている四つの作業のことです。圧縮、移動、翻訳、２次加工の四つを指します。

いまの例でいえば、陳寿は圧縮の作業を行ったことになります。圧縮とは、さまざまな要素をまとめて一つの象徴にしてしまうこと。例えば夢の中に出てきた男が、顔は親友で、格好は弟、全体としては父に見えるといった現象です」

「いまの条文のどこが圧縮にあたるんだ？」

「圧縮じゃないですか。陳寿は末盧国や奴国や伊都国の風習をひとつにまとめて〝倭国〟というひとつの象徴を創り出しているんだから」

「なるほど。そこか」

「こういうところが夢に似ているんですよ、魏志倭人伝は。矛盾したもの、絡み合ったもの、多義的なもの、圧縮されたものが一つのストーリーとして提示されている。逆に言えば陳寿の仕事は、たくさんある使節団のレポートを一つの〝夢〟に圧縮することだったとも言えます。いわば陳寿は魏志倭人伝における〝無意識〟だったんですよ」

其の国、本亦男子を以て王と為し、住《とど》まること七、八十年。倭国乱れ、相攻伐《あいこうばつ》すること歴年、乃《すなわ》ち共に一女子を立てて王と為す。名づけて卑弥呼と曰ふ。鬼道《きどう》に事《つか》へ、能《よ》く衆を惑はす。年已に長大なるも、夫壻《ふせい》無く、男弟有り、佐《たす》けて国を治む。王と為りしより以来、見る有る者の少く、婢《ひ》千人を以て自ら侍《じ》せしむ。唯《ただ》、男子一人有り、飲食を給し、辞を伝へ居処に出入す。宮室・楼観・城柵、厳《おごそ》かに設け、常に人有り、兵を持して守衛す。

「倭国はもともと男王が70~80年にわたって国を治めていたが、乱れて何年も戦争が続いた。それを収めるために、卑弥呼を王として共立した。卑弥呼は占いや呪いで民衆の心をつかんだ。すでにかなりの高齢だったが、夫はいなかった。弟がいて国を治める補佐をしていた。

王になってからの卑弥呼は1000人の下女にかしずかれていたが、姿を見た者は少ない。一人の男だけが食事の世話をしたり、報告のために出入りしたりしていた。卑弥呼の居るところには宮室や物見櫓《ものみやぐら》や城柵があり、兵士が常に守っている」

「まただ」

アスカが鋭く言い放った。

「またここで圧縮作業が行われている」

「えっ、どこ?」

「国の運営を補佐する弟がいる、と記したすぐあとに、『唯、男子一人有り』と繰り返しています。これは同一人物ではないんですか？」

「どうだろう。同じとも取れるし、違うとも取れるな」

「おそらくこの二つは違うレポートだったんでしょう。

一つは、卑弥呼の弟がいわば副総理の立場にあったと伝えていた。もう一つは、卑弥呼の食事の世話をする男がいたと伝えていた。

そこで陳寿は考えた。副総理が、姉の食事の世話までするか？

しかし給仕の男は、占い結果などの『辞』も伝えていたという。つまり国家機密に触れることができる人物だった。ならばやはり弟である可能性も高い。陳寿はそう考えて、二つのレポートをここに圧縮した可能性があります」

「言われてみればそうかもな。でもそれって、そんなに大切なことか？」

「大切です。素材《レポート》がいくつかあって、情報が錯綜《さくそう》した場合、陳寿がどんな編集《エディション》を施す人であったか知るためにね。これは夢分析とまったく同じです。その人の無意識や検閲には、加工のクセみたいなものがあるんですよ。そもそも魏志倭人伝の叙述には、継《つ》ぎ接《は》ぎ、挿入、併記、パッチワークが顕著なようですね」

「ああ。それは魏志倭人伝を読む人、すべてが感じてきたことだ」

「つまりそこに陳寿のクセが隠されています。〝無意識〟としての陳寿のクセがね。

たとえば二つの奴国が出てくるところ。あそこでも陳寿の手元にはレポートがいくつかあったのでしょう。21ヶ国をずらりと列挙した際、陳寿も二つ目の奴国が出てきたことに気づいた。『金印を貰ったあの奴国のことかな？』と思ったはずです。でも敢《あ》えてそれには触れず、書き写すだけにした。そこに陳寿の編集姿勢があらわれています」

「そこは中国知識人の伝統もあるのかもしれないな。孔子《こうし》の時代からあの国では『述べて作らず』を大切にしてきた。つまり先人の言葉をそのまま引用するのを良しとし、何か付言するのを僭越《せんえつ》とする態度だ。先行史料を大切にするのはいい心掛けだが、あまりに行きすぎると継ぎ接ぎだらけの文章になってしまう」

「僕が言いたいのもまさにそれ。投馬国や邪馬台国への道すじを記す際に継ぎ接ぎがあったとしたら、わかりにくくなって当然ですよね。だけど陳寿はそれを覚悟のうえで自分の編集方針を貫いた可能性があります。むしろ彼のこれまでの〝夢の作業〟を見てくると、その気配が濃厚です」

もしそうなら大事件だ。陳寿が確信犯的にテキストのわかりやすさよりも、史料の併記に重きを置いたとするなら、彼は邪馬台国の所在地を明確に思い描きつつ、あの曖昧さに満ちた道程を記したことになる。

「お前、もう何か視えてるのか？」

私はアスカの千里眼的な知性に期待と畏れを抱きつつ訊ねた。

「まだですよ」

アスカは苦笑して、「続きをお願いします」と先をうながした。

「オーケー。ここに出てきた〈倭国乱れ〉というのが、俗にいう倭国大乱というやつだ。だいたい西暦170年から180年ごろの出来事と言われている。ひょっとしたら陳寿は後漢書にあった、西暦107年に『160人の生口を連れて朝貢した倭国王・師升』の記事を参照したのかもしれない。その男王の家系が70〜80年続いたあと、倭国大乱に入ったという時系列なら辻褄《つじつま》が合うからだ。後漢書ができたのは陳寿の没後だが、その元となった記事に陳寿が目を通していた可能性は大いにある」

「倭国大乱の内実はどんなものだったんですか」

「まったく不明だ」

「大乱の及んだ範囲も？」

「ああ。畿内説に立てば、九州から畿内におよぶ列島規模の大戦争だったことになる。九州説に立てば、せいぜい北部九州と狗奴国を含む九州内での騒乱だ。

九州説は『あの時代にそんな大戦争があったとは考えられない』と言うし、畿内説は『高地性集落を見れば、西日本全体が戦乱の渦中にあったことは明らかだ』と言う」

「高地性集落っていうのは？」

「丘の砦《とりで》や、山の上に営まれた集落のことだ。西日本のかなり広範囲に見られるが、とりわけ、瀬戸内海の海沿いに多い。敵の船団をいちはやく見つけて狼煙《のろし》を上げたり、攻められたときに逃げ込む山城の役割があったのだろう。

稲作に高地は不利だから、平和ならわざわざそんな場所に集落を構える必要はない。ただし最近は、長らく続いた高地性集落があることもわかってきた。必ずしも戦争に備えての防砦《ぼうさい》ではなかったという見方もある」

「どっちなんでしょうね」

「さあな。ただし弥生時代に入り日本列島で戦争が始まったことは確かだ。首がなかったり、矢の刺さった人骨が出るようになるからな。争点は土地と水と奴隷だ。そもそも倭人伝にある『男は4、5人の妻を持っており、下戸でも2、3人の妻を持っている』という記述はおかしいと思わんか。まさかあの時代に女子の出生率が高かったはずもないし。つまり戦争で勝つと男は皆殺しにし、女は自分の妻にしたということだ。次へ行っていいか」

「はい」

女王国の東、海を渡る千余里、復《ま》た国有り、皆倭種なり。又侏儒《しゆじゆ》国有り、其の南に在り、人の長《たけ》三、四尺、女王を去る四千余里。又裸《ら》国・黒歯《こくし》国有り、復た其の東南に在り。船行一年にして至る可し。倭の地を参問《さんもん》するに、海中洲島《しゆうとう》の上に絶在し、或は絶へ或は連なり、周旋《しゆうせん》五千余里可りなり。

「女王国から東へ海を1000里渡ると、またいくつか倭人の国がある。その南には小さな人の国がある。女王国から4000里ほど離れたところで、身長1mほどの小さな人たちがいる。また東南には裸で暮らす人たちの国と、黒い歯をした人たちの国があり、船で1年ほどかかるらしい。倭は遠く離れた海中の島々の連なりであり、ぐるっと1周巡ると5000里ほどだろうか」

「この国々って本当にあったんですか？」

「どうかな。南洋へ行けば、裸族やお歯黒の風習を持つ民族はいただろうが。

侏儒に関して言えば、インドネシアのフローレス島にいたホモ・フローレシエンシスは身長130㎝ほどだった。彼らは1万数千年前まで生きていたという説があるから、その伝承が黒潮ネットワークに乗って倭人社会に伝わっていた可能性はある。ただし、最新の研究によればホモ・フローレシエンシスは5万年前に絶滅していたとも言われているから、ホモ・サピエンスが彼らを見ていたかどうかは微妙だ。ホモ・サピエンスが東南アジアに進出したのは4、5万年前ごろと言われているからな」

アスカが「どうしてこんなお伽噺《とぎばなし》みたいな記事を入れたんだろう」と首を傾げた。

「倭国の周縁性を強調したかったんじゃないかな。ほら、例の『倭国まではぎりぎり中華の恩恵が及ぶ範囲だが、その外は化外の域である』というあれさ」

「それを強調するメリットは?」

「レポートをあげた役人たちの手柄になる。『俺たちはこんな僻地まで行って魏の皇帝の威光を示してきたんだぞ』『大変だったから出張手当てをたんと弾んでくれ』」

ははは、とアスカは白い歯を見せた。

「笑っちゃうよな。だけどこれが案外バカにならない説らしいんだ。『お役人が自分の手柄を強調するために、邪馬台国を遠くに設定した。水行20日とか陸行1月はその結果だ』という説は、中国人学者にやたらウケがいいんだよ。ご同胞として、さもありなん、ということらしい」

「本当ですか?」アスカが目を丸くした。

「ああ。俺はこれまで何人かの中国人学者にたずねてきた。『魏志倭人伝の記述が曖昧で、邪馬台国の場所がわからない。これをどう思う?』と。彼らは一様に『古典とはそういうものだ』と動じなかった。やっぱり文章観が違うんだよ。いにしえの中国宮廷知識人にとって、文章とは修辞を飾り、自分の文才を誇示して、出世の道具にするためのものだった。前にも言った通り、われわれの文章観からすっぽり抜け落ちている部分だ」

「困ったものですね」

「だからこそ1000年以上も続くミステリーになったんだがね。今日はこれくらいにして、もう1杯飲まないか」

「1杯と言わず、何杯でもお付き合いしますよ。お互い今は一人身なんだし。気兼ねはいらないでしょう?」

自虐的なジョークを放ちつつも、アスカはちらちらスマホを気にしながら飲んだ。メイから連絡が来ないか気にしているのだ。私も彼女の行方が気になった。あのイルカを愛する女性は、いったい何処へ行ってしまったのだろうか。

## (8)

妻と山を登る夢を見た。

砂利道のような登山道をのぼると、いきなり視界が展《ひら》け、滝が現れた。１００ｍはあろうかという壮大な滝だった。轟音《ごうおん》が鼓膜の奥まで入り込んでくる。

――これは妻と行ったことがある、華厳《けごん》の滝かもしれない、と私は夢の中で思った。つまり明晰夢を見ていたのだ。

目覚めると、夢ノートにあらましを記した。どことなく手の込んだ〝夢の作業〟が行われた感触があったので、意味深長な夢に思われた。

次の晩は、妻と吊り橋《つばし》を渡る夢を見た。下は岩場の多い海だった。やはり妻と一緒に行ったことがある、伊豆《いず》の城ヶ崎《じょうさき》がモデルのような気がした。

このノートをアスカに見せると、

「山の滝に、海の吊り橋か。叔父さんの夢ってほんとに素直ですね！」

と言われた。場所はアスカのホテルのロビー。仕事終わりに〈メイさんから連絡あった？〉とメッセージを入れたら、今晩は空いているから会わないかと誘われたのだ。

「どういう意味だよ」

私がたずねても、アスカは笑って答えようとしなかったので、

「もったいぶらずに教えろよ」

ともう一押しした。それでもアスカは首を横に振った。

「いま、叔父さんの夢の世界はすくすく育っているところだから秘密です。余計な情報を入れたくないので。でもこれだけは言えます。叔父さんは夢を見るセンスがありますよ」

これで気分を良くした訳ではないが、そのあと銀座で寿司をご馳走することになった。電話で予約してから店に向かい、カウンターに並んで腰をおろした。まだ早い時間なのでほかに客はいなかった。

「メイさんからの連絡はあれっきりか」

「ええ」

「これで何日になる？」

「3日です」

「そっか。家出ならそろそろ帰る頃なんだがな……」

お任せの握りが始まる前に、板さんに苦手なものはあるかと訊かれた。アスカのためにキュウリとイクラはNGにしてくれと頼んだ。ほかにこの寿司屋につぶつぶの食材はなかったはずだ。

私たちは、ぬる燗《かん》でゆるゆると飲《や》り始めた。うすい藍《あい》色をした酒器が美しかったので、

たずねてみたら、出雲にある出西窯《しゅっさいがま》のものだと教えてくれた。出西ブルーとして名高いそうで、その青みはどこかアスカの瞳の色に似ていた。

「そういや、これまで聞きそびれていたが、お前はなんで夢学者になったんだ？　選択肢なら、ほかに幾つもあっただろう？」

「小さいころ、飼い猫のマイケルが目の前で車に轢《ひ》かれたことがあるんです。即死でした。問題は、マイケルが亡くなる数日前に、僕がそれを夢に見ていたってことなんですよ」

「ほう。いわゆる予知夢ってやつか」

「ええ。夢に興味を持つようになったのはそれからです。14歳の時フロイトの『夢判断』を読んで興奮しました。以後、枕元に筆記具を置いて寝るようになりました。サッカー少年がメッシに憧れるように、今でもフロイトは僕のスターです。読むとやはりインスピレーションが湧いてきますよ。

　ちなみに予知夢については、フロイトもユングも認めていました。秘教的なユングが認めるのはともかく、謹厳なフロイトまで認めていたのは意外でした。だけどフロイトは私信の中で述べているんです。『予知夢はあると言わざるを得ない』と」

「ふうん。フロイトのことはよく知らんが、たしかに意外な気もするな」

「実際、夢の研究をしていると、予知夢の報告を嫌というほど耳にします。だから予知夢に対しては、二つの科学的な説明が用意されているんです。

一つは、『現実化しそうなことを脳が無意識のうちに覚えていた』というもの。たとえば先ほどのマイケルの話で言えば、僕は彼が轢かれるずっと前から、彼が道路を横切ったり、歩道から飛び出す姿を何度も見ていた。だから潜在的に『こいつはいつか轢かれてしまうかもしれない』と思っていた。脳も夢でそのことを警告していたが、たまたまそれが現実化してしまった」

「ふむ。ありえそうな話ではあるな」

私はアスカのお猪口《ちょこ》にお酌した。アスカは軽く会釈してから、くい、とひと口で飲み干した。

「実際に似たような話があります。これはあるバス運転手の話です。彼はブレーキが効かなくなって事故る夢をふた晩続けて見た。おかしいなと思って点検したら、ブレーキパッドが異常な速度ですり減っていたんです。あと1日気づくのが遅れていたら大惨事になっていたところでした。

この話のキーポイントは、

『無意識は意識の100倍も賢い』

というところです。

彼の無意識は、ブレーキを踏むたびに微《かす》かな異常を感じ取っていた。けれども意識の『まだ点検に出したばかりだから大丈夫だよ』という声にかき消されていた。ところが眠りにつき、無意識のほうが優勢になったとき、『ブレーキが危ないぞ』と警告を発してくれたんですよ」

「そんなことあるのか？」

「あるも何も、そんなことばっかりですよ。無意識は意識の100倍どころか1000倍賢い可能性だってあるんです」

「ふーむ。で、予知夢に関する二つ目の説明は？」

「人は1日にたくさんの夢を見ます。起きた時にはたいてい忘れていますが、それと似たことが現実に起きると、『私はその夢を見ていたのだ！』と思い出して騒ぎだすんです。でも、考えてみてください。村人が1000人いたとします。一人が1日に三つ夢を見たとすると、1日で3000。1ヶ月で9万。その中に一つくらい猫がクルマに轢かれる夢があるでしょう？　そして実際に村で猫が轢かれると、『わたしはその予知夢を見ていた』と言う村人が出てくるってわけです。以上が研究者としての公式見解です」

「個人としては別の見解がありそうな口ぶりじゃないか」

アスカはにやっと笑い、

「まだこれをお渡ししていませんでしたね」

と名刺を差し出した。表にはスタンフォード大学の名が記されていた。「裏をご覧ください」と言われてひっくり返すと、次のように記されていた。

国際夢研究協会（ＩＡＳＤ）所属
アメリカ睡眠医学会（ＡＡＳＭ）所属
イギリス心霊研究協会（ＳＰＲ）所属
世界共時性学会（ＷＳＭ）所属

最初の二つは、まあわかる。しかしあとの二つは？

「初めに断っておきますが、僕はオカルト学者ではありませんよ。しかし必ずしも、超常現象を否定する者でもないんです。なぜなら世界中からそんな報告がたくさん届くから。現象の裏には必ず何らかのメカニズムがあります。それを解き明かしたいだけなんです」

「それには心霊研究まで必要なのか？」

「ええ。たとえばフロイトとユングは、テレパシーの存在も認めていました。フロイトは『テレパシーは存在してもおかしくないという見解に到達する』と書き、ユングは『時空にテレパシーが存在するのを否定するのは無学者だけだ』と述べています。そればかりかユングは、夢の内容を決定する要因のひとつがテレパシーにあると考えていました。

　僕は卑弥呼がＥＳＰ——超感覚的知覚——の持ち主だったことは間違いないと思うな。要するに、次にいつ雨が降るか、敵がどの方角から攻めてくるか、この老人はいつ死ぬか、ズバリと言い当てることができたんです。彼女が使っていた〈鬼道〉とはそのことを指すのでしょう。そういう人は世界中にいます。ひょっとしたら卑弥呼は頻繁に予知夢を見る女性だったのかもしれません。予知夢やテレパシー夢は、半分以上が死に関係していると言われていますからね」

会話の邪魔にならぬよう、握りがそっと私たちの前に供されていった。白身や光り物はどれも丁寧な仕事が施されており、そのまま頂くと、ネタとシャリが絶妙のハーモニーを奏でながら口中で解《ほど》けていった。

私は再び名刺に目を落としてたずねた。

「この世界共時性学会っていうのは？」

「共時性《シンクロニシティ》の典型例は、『家でお皿が割れた瞬間に、病院で祖父が亡くなっていた』みたいなやつです。これを拡大解釈して、『ローマ帝国が興隆を迎えたとき、中国でも漢帝国が興隆を迎えていた』とか、『農耕は世界各地で同時多発的に始まった』とか、『アフリカの猿が塩水で芋を洗って食べ出したとき、日本の猿も同じことをし出した』みたいなやつがあります。もとはユングが注目した概念です」

「それをどうやって研究するんだ？」

「最近では量子力学や、素粒子理論を使って説明する人が出てきました。〈意味のある偶然〉を科学で解明しようという試みです」

「おっと、その話はここまでだ。ばりばりの文系だから、その手のワードが出てくると酒がまずくなる」

「ふふふ。あ、これ美味しい。なんて魚ですか」

「なんだろう。これなに？」

板さんにたずねると、「のどぐろです」と教えてくれた。

「のどが黒いんですか」

というアスカのピュアな問いかけに、「へい、そうです」と古風な答えが返ってくる。

「お、もう空《から》か。同じ酒でいいか」

「はい」

徳利をお代わりすると、アスカが「あ、そうだ」と目を輝かせた。「これからひとつ、叔父さんが見る夢を予言してみましょうか」

「そんなことできるのか」

「ええ。ここに書いておきますから、僕がいつか『開けていいですよ』と言ったときに開けてください」

そう言うと、アスカは「お手元」と書かれた箸袋の裏にさらさらと何かを書きつけた。そして小さく折りたたんで「はい、どうぞ」と私に差し出した。

「気になるじゃないか」

「いいって言うまで開けちゃダメですからね」

「でも、なんで俺が見る夢がわかるんだ？」

「そりゃ専門家ですもん」

「専門家ならみんなわかるのか」

「そうとは限りません。すこしマジメに答えると、僕もわからない時のほうが圧倒的に多いです。寝ているときの無意識による〝弱い連想〟は本当に突拍子もないから。だけど〝夢の作業〟が一定のメカニズムを持っていることも確かで、そこから弾《はじ》き出すと、叔父さんはいつかこの夢を見る気がするんですよね」

なんと書いてあるのか興味をそそられたが、私は大人しくその袋を財布にしまった。

「ところで邪馬台国のほうはどうだ。視えてきたか」

「うーん……」

アスカが渋面をつくった。

「じつはそのことでずっと悩んでいたんです。所在地については、ある答えに行き着きます。だけどそれを採用すると、とてつもない難問が立ちはだかるんですよ」

「日数のことだろ」

「ちがいます」

「えっ！」

お猪口の酒にさざ波が立つくらいの声が出てしまった。なぜならいまのアスカの発言は、「邪馬台国の所在地と日数問題は解決した」と宣言したことになるからだ。

だが、もしそうなら——。

残念ながらアスカはどこかで致命的な勘違いをしていることになる。そんな簡単に答えを出せる問題ではないのだ。

「叔父さんの懸念はわかりますよ」

私の考えを見抜いたようにアスカが言った。

「だけど僕が問題にしているのは邪馬台国問題におけるバイアスなんです。つまり、みんな自分に都合のいいものばかり見ている。あるいは都合のわるいものを見て見ぬフリしている。前者を確証バイアスといい、後者を正常性バイアスといいます。この二つを取り除けば、結論は一つしかありません。しかしそこに巨大な謎が残るんです」

「で、結局、邪馬台国は畿内にあったのか？　それとも九州か？」

「まだ条文が五つくらい残ってるでしょ。まずそれを講義してもらわないと」

「よーし、それならこのあとやるか」

どうせ乗ってこないだろうと思ったが、甘かった。

「それなら僕の部屋でやりましょう」

とアスカは二次会のようなノリで言った。ありゃりゃ、と思ったが後の祭りだった。私たちは食事を済ませると、コンビニで珈琲を買い、ホテルまで歩いて戻った。

部屋はわりと広めのツインだった。床にはそこらじゅうに古代史関連の本が積み上げられている。

「これ、自分で買ったのか?」私は啞然《あぜん》としてたずねた。

「ええ。Amazon で調子に乗ってぽちぽちしてたら溜《た》まっちゃって」

「ぜんぶ読んだのか?」

「おおむね目は通しました。いろんな説があって面白かったです。あ、叔父さんはそちらへどうぞ」

私は勧められた椅子に座り、アスカはベッドの端に腰かけた。

こうして最後のレクチャーが始まった。


景初《けいしょ》二年六月、倭の女王、大夫難升米《なんしょうまい》等を遣して郡に詣り、天子に詣りて朝献せんことを求む。太守劉夏《りゅうか》、吏《り》を遣し、将《も》つて送りて京都に詣らしむ。


「西暦238年、卑弥呼は難升米らを帯方郡に派遣して、魏の皇帝に朝貢を求めた。太守は彼らを洛陽に送り届けてくれた。

とくに注釈はいらないと思うが、この難升米は奴国の貴族階級の人間かもしれないという説がある。たとえば奈良時代の『吉備真備《きびのまきび》』みたいに、『地名+名前』はその地方とゆかりの深い貴族階級の証《あかし》だ。もしそうなら、この場合は『奴国の升米さん』となる」

「西暦107年に漢の皇帝へ朝貢した倭国王は師升でしたね」

「そうだ」

「なんとなく似ていませんか。107年の師升さんと、238年の升米さん」

「言われてみれば」

「ひょっとして中国側が、連想から当て字を繋げてくれたのかもしれませんね。『おお、お前は130年前に朝貢に来たあの師升の子孫か！』って」

「ありえるな」

私は微笑をこぼした。

優れた研究者に共通するのは、こうした子供っぽい空想力だ。

「ついでにここで、中国の筆法慣習に触れておこう。

難のもとの正字は『儺』だ。だが中国には、同じ音なら画数を減らしてもいい『減筆』という慣習がある。これによって『儺』は『難』と書き換えることができる。

さらに、音が同じなら表記を変えてもいい『通音』という慣習によって、『奴』と書くこともできる。つまり儺、難、奴はどれも同じ『ナ』だ。

これらの慣習があることで、中国は外国に対してなるべく汚い漢字を当てることができた。鮮卑、匈奴《きょうど》、濊貊《わいはく》、邪馬台、すべて悪字だ。倭も『小さくて醜い人』が原義という」

「なるほど。漢字文化独特の現象ですね。ところで、ここでひとつ疑問があるんですが。奴国には漢から金印を貰った王がいた。伊都国にも『代々の王』がいた。魏使が常に駐留し、卑弥呼がお目付け役を置いていたのは伊都国です。両国の力関係ってどんな感じだったんですか」

「それがよくわからんのだよ。両国は100里しか離れておらん。せいぜい10kmだ。東京駅と品川駅《しながわ》くらいの距離だよ。

古くは両国のあいだに壕《ほり》があったと言われるから、敵対していた時期もあったのだろう。だがごく早い時期に統合されたに違いない。倭人伝によれば伊都国は1000戸しかないが、奴国には2万戸ある。奴国が母体で、伊都国は政治都市のようなものだったのかもしれん」


其の年十二月、詔書《しょうしょ》して倭の女王に報じて曰く、親魏倭王《しんぎわおう》卑弥呼に制詔《せいしょう》す。帯方の太守劉夏、使を遣し汝の大夫難升米・次使都市牛利《としぎゅうり》を送り、汝献ずる所の男生口四人・女生口六人・斑布《はんぷ》二匹二丈を奉り以て到る。汝が在る所踰《はる》かに遠きも、乃ち使を遣して貢献す。是れ汝の忠孝、我れ甚《はなは》だ汝を哀れむ。今汝を以て親魏倭王と為し、金印紫《し》綬《じゅ》を仮《か》し、装封して帯方の太守に付し仮授せしむ。汝、其れ種人《しゅじん》を綏撫《すいぶ》し、勉《つと》めて孝順を為せ。汝が来使難升米・牛利、遠きを渉《わた》り、道路に勤労す。今、難升米を以て率善《そつぜん》中郎将《ちゅうろうしょう》と為し、牛利を率善校尉《こうい》と為し、銀印青綬《せいじゅ》を仮し、引見労賜《いんけんろうし》し遣し還す。今、絳地交竜錦《こうじこうりゅうきん》五匹・絳地縐粟罽《すうぞくけい》十張・蒨絳《せんこう》五十匹・紺青《こんしょう》五十匹を以て、汝が献ずる所の貢直《こうちょく》に答ふ。又特に汝に紺地句文錦《こんじくもんきん》三匹・細班華罽《さいはんかけい》五張・白絹《はくけん》五十匹・金八両・五尺刀二口・銅鏡百枚・真珠・鉛丹《えんたん》各五十斤を賜ひ、皆装封して難升米・牛利に付す。還り到らば録受《ろくじゅ》し、悉《ことごと》く以て汝が国中の人に示し、国家汝を哀れむを知らしむ可し。故に鄭重《ていちょう》に汝に好物を賜ふなりと。

「すこし長いので、端折るぞ。２３８年、魏の明帝は卑弥呼に詔書を下した。『難升米たちから奴隷や貢物を受け取った。はるか遠くから使いを送ってきたお前の忠孝を嬉しく思うので、親魏倭王の金印を与えよう。いっそう倭人の統治と、わしへの孝順に勉めよ。絹や銅鏡１００枚などを土産に持たせる。受け取ったら国の者どもに見せ、わしがお前を大切に思っていることを知らしめよ』。このあとも外交記録が続く。進めていいか」

「はい」

正始《せいし》元年、太守弓遵《きゅうじゅん》、建中校尉《けんちゅうこうい》梯儁《ていしゅん》等を遣し、詔書・印綬を奉じて、倭国に詣り、倭王に拝仮《はいか》し、幷《なら》びに詔を齎《もたら》し、金帛《きんばく》・錦罽《きんけい》・刀・鏡・采物《さいもつ》を賜ふ。倭王、使に因《よっ》て上表し、詔恩を答謝す。

其の四年、倭王、復た使大夫伊声耆《いせいき》・掖邪狗《えきやく》等八人を遣し生口・倭錦《わきん》・絳青縑《こうせいけん》・緜《めん》衣《い》・帛布《はくふ》・丹・木拊《ぼくふ》・短弓矢を上献す。掖邪狗等、率善中郎将の印綬を壱拝《いつはい》す。

其の六年、詔して倭の難升米に黄幢《こうどう》を賜ひ、郡に付して仮授せしむ。


「西暦240年、帯方太守は倭国に詔書などを届けさせた。倭王は魏帝に感謝の手紙を送った。

西暦243年、倭王はまた使者を送って奴隷や特産品を捧げた。

西暦245年、魏帝は難升米に黄色い軍旗を賜与《しよ》し、帯方郡から届けさせた」

「ここに出てくる倭王って卑弥呼のことですよね。なんで倭王と言ってみたり、女王と言ってみたりするんですか。邪馬台国、女王国、倭国の使い分けも気になるな」

「それを不思議に思う人は昔からいたが、確たることは言えん」

「レポートによって言葉遣いが違ったのかな」

「ありえる」

「陳寿も例の『述べて作らず』の態度でわざと統一しなかった」

「かもな」

「表記の統一は、中国の文章観の美学にはなかったんですか？」

「ああ。むしろ同一語のくり返しは悪趣味とされた。倭王と女王や、邪馬台国と女王国を使い分けたのはそのせいかもしれん」

「なるほど。最後に出てきた黄色い軍旗ってなんですか？」

「それは次にも出てくるから、まとめて解説しよう」


其の八年、太守王頎《おうき》官に到る。倭の女王卑弥呼、狗奴国の男王卑弥弓呼《ひみここ》と素《もと》より和せず。倭の載斯烏越《さしうえつ》等を遣して郡に詣り、相攻撃する状を説く。塞曹掾史《さいそうえんし》張政《ちょうせい》等を遣し、因て詔書・黄幢を齎し、難升米に拝仮せしめ、檄《げき》を為《つく》りて之を告喩《こくゆ》す。卑弥呼以て死す、大いに冢《ちょう》を作る。径百余歩、徇葬《じゅんそう》する者、奴婢《ぬひ》百余人。


「西暦２４７年、帯方太守の王頎が着任した。卑弥呼は狗奴国の男王である卑弥弓呼と以前から不和だったので、帯方郡に使者を派遣して、狗奴国との戦況を説明させた。それを聞いた王頎は張政らを派遣し、詔書と黄色の軍旗を難升米に与えた。檄文もつくって発布させた。それによって卑弥呼は亡くなり大きな墓をつくった。直径は１００余歩。殉葬された奴婢は１００人である」

「黄色い軍旗っていうのは、狗奴国との戦争で士気を高めるために魏からもらった旗だったんですね」

「そうだ」

「だけど狗奴国の王様は狗古智卑狗《くこちひこ》じゃありませんでしたっけ？　卑弥弓呼ってだれです？」

「狗古智卑狗は『官』であって王ではない。ナンバー2だったか、実権を握った実力者だったのかは、よくわからん」

「狗奴国の王は、ここに出てきたヒミココなる人物なんですね」

「ああ。だがこれは古くから卑弥弓呼ではなく卑弓弥呼の写し間違えだという説が強い」

「また写し間違え説ですか。それじゃいくらでも都合のいいように変えられちゃうじゃないですか」

「そうなんだが、ここだけは説得力があるんだよ。というのも、もし写し間違えで卑弓弥呼が正しいとすると、ヒコミコと訓める。つまり彦御子だ。倭語で『男の王様』という意味だよ。すると卑弥呼の意味もわかってくる」

「どんなふうに？」

「卑弥呼はおそらく『日の御子』か『日の巫女《みこ》』か『姫の命《みこと》』か『姫子《ひめご》』だ。つまり『太陽神に仕える巫女』か、単に『お姫さま』を意味する倭語だ」

「となると、倭の使者たちは中国の宮廷で『お前たちの女王の名はなんと言う？』と訊かれて『お姫さまにございます』と答えたわけですか」

「そうだ」

「狗奴国も『お前たちの王の名はなんと言う?』と訊かれて、『男の王でございます』と答えた」

「そうなる」

「ずいぶん人を食った答えですね。アメリカ大統領に『お前らの国の代表の名は?』と訊かれて、『ソーリです』と答えるようなものですよ」

「そうなんだが、古代では自分の名前を知られることはタブー中のタブーだった。名前には霊力が宿ると考えられていたからな。とくに古代の王ともなれば、名を知られることは呪いをかけられることと同義だった。だから自分の名を知られることはおろか、たまたま口ずさまれることすら恐れたんだよ。

げんに中国では、時の皇帝の名前の漢字を文書に用いることは重罪だった。たとえば、皇帝が『光順《こうじゅん》』という名前だったら、その皇帝が在位しているあいだは、あらゆる文書に『光』と『順』の字を使ってはいけなかった。このルールを避諱《ひき》という」

「それはまた不便ですね」

「実際に不便でな。前漢の宣帝《せんてい》の名は病已《へいい》だった。すべての公文書でこの2字が使えなくなったが、病も已もよく使う字だ。皇帝もさすがに不便と考え、詢《じゅん》に改名したそうだ」

「ははは。ルールを変えるより、名前を変えるほうが簡単だったんですね」

「ああ。ちなみに中国では昔から、人々は姓と名をもっていた。漢代にはすでに張《ちょう》・王《おう》・李《り》・趙《ちょう》という姓が多数を占めている。

名は親がつける。劉備の備、諸葛亮《りょう》孔明の亮が名にあたるが、これを呼んでいいのは親か君主に限られた。たとえば劉邦《りゅうほう》は項羽《こうう》を倒して天下を取ったあと、項羽の旧臣たちに『籍《せき》』と言わせて踏み絵とした。籍は項羽の名だから、旧臣たちにとっては恐れ多くて、口にできない言葉だ。劉備の前でこれを発音できない者は殺されたはずだ。

　何が言いたいかと言うと、『名』というのはそれほどタブーだったってことだ。いまでも本名を一生のあいだ家族の一部にしか知らせない民族はけっこうあるそうだ」

「倭人社会もそうだったわけですね」

「そうだ。王の本名を明かさないことに関しては倭人側も徹底していたらしい。のちに、隋書で日本の天皇は〈姓は阿毎《あま》、字《あざな》は多利思比孤《たらしひこ》〉として出てくる。だがこれは姓名ではなく『天から垂れてきた彦』と言ってるに過ぎん。つまり『天孫族の後継者である尊い男』という意味だ。唐の玄宗《げんそう》が聖武《しょうむ》天皇に外交文書を送ったときも、〈日本国王、主明楽美御徳《すめらみこと》〉と記している。スメラミコトとは『天皇』という意味だ」

「となると、卑弥呼も一般名詞とみてまちがいなさそうですね」

「ああ」

「その卑弥呼が死んだわけですね。西暦２４７年に」

「248年かもしれんが、卑弥呼は没年が正確にわかっている日本史上最古の人物だ」

「ひとつ気になったのは、叔父さんは『それによって卑弥呼は亡くなった』と訳していました。あれはどういう意味ですか？　なぜ魏の皇帝から檄文が届いたことによって、卑弥呼が死んだんですか？」

「これは専門家のあいだでも意見の分かれるところでな。原文は〈卑弥呼以死〉。これを〈卑弥呼、以《すで》に死す〉と訓むなら病死だ。かなり老齢だったからな。しかし〈以《もっ》て死す〉と訓むなら卑弥呼は王殺しに遭ったことになる。王殺しとは、干魃《かんばつ》や敗戦など、思わしくないことが起きたとき、王にその責任を負わせて殺す古代の風習だ」

「なんか例の持衰みたいですね」

「ああ。同じ発想だろう」

「叔父さんは〈以て死す〉派というわけですね」

「そうだ。ある人の調べによると、中国の正史25史全体で〈以死〉の用例は761例あるそうだ。そのすべてが刑死、賜死、戦死、自死、事故死など非業の死ばかりだと言うんだよ」

「つまり卑弥呼は、狗奴国との戦争の不始末の責任を取らされて殺された？」

「その可能性は高い。あとは天候不順による不作説や、皆既日食説などもある。古代人にとって皆既日食は〝神の怒り〟以外の何ものでもなかったはずだ。〝日の巫女〟を殺すには充分な理由だった」

「ところで邪馬台国連合は敗色濃厚だったんですか」

「それはわからん。しかし魏に軍旗を貸してもらい、張政を軍事顧問として派遣してもらうくらいだから、優勢だった訳ではないだろう。張政は狗奴国に休戦和議を呑ませる任務を負って来たとも言われる」

「魏のスローガンは『倭国に安定を！』でしたもんね。それが果たせなかった卑弥呼は〈以て死す〉に値したというわけか」

「ああ。松本清張にも『卑弥呼は雇われマダムに過ぎない』という説があるように、彼女が大乱で疲弊した倭国のワンポイントリリーフだったことは確かだ。『俺が俺が』と荒ぶる男たちも、声望ある女性を頭領に戴けば、いったんは収まるからな。これは倭人社会に古くから伝わる知恵だったんだろう。のちに推古《すいこ》や持統《じとう》といった女性天皇の擁立にも受けつがれた。鎌倉《かまくら》幕府における北条政子《ほうじょうまさこ》もそうだな。スナックのママ文化もここから生まれたという説すらあったよ。さあ、次はいよいよ最後の一条だ」


更に男王を立てしも、国中服せず。更相誅殺《こもごもあいちゅうさつ》し、当時千余人を殺す。復た卑弥呼の宗女台与《そうじょとよ》年十三なるを立てて王と為し、国中遂に定まる。政等、檄を以て台与に告喩す。台与、倭の大夫率善中郎将掖邪狗等二十人を遣し、政等の還るを送らしむ。因て台に詣り、男女生口三十人を献上し、白珠五千孔・青大句珠《せいだいくしゅ》二枚、異文雑錦《いもんざっきん》二十匹を貢す。

「新しく男王を立てたが国中が従わず、互いに殺し合って1000人あまりが死んだ。そこで卑弥呼の親族である13歳の台与を女王とすると国中が鎮まった。張政らは檄文により台与に告喩した。台与は張政らに20人の使者をつけて中国へ送り返した。男女30人の奴隷を捧げると、たくさんのお返しをもらった。以上だ」

「長らくお疲れ様でした」

「全体の印象はどうだった？」

「じつに面白かったです。矛盾や、あやふやな記事に満ちたもどかしさが夢に似ていて」

「そんなに似てる？」

「ええ。たとえば夢の作業の一つに『移動』があります。これは極めて重要な要素が、そうでない要素に移り変わり、夢の本来のテーマがボヤけてしまうことです。たとえば嫌いな友人がいて、夢の中でその友人を懲らしめる作戦をほかの友人と立てていたのに、途中でさらに違う友人が出てきて、『どっかに遊びに行こうぜ』と誘ってくるみたいなケースです」

「たしかに話題が『移動』して、テーマがボヤけちまってるな」

「魏志倭人伝でもいちばん肝心なところで、説明もなく里数から日数へ『移動』が起こり、所在地がボヤけています。この『説明もなく』ってところが夢っぽいんです」

なるほど、と私は苦笑した。陳寿の筆があそこで「移動」さえしなければ、このテーマに日本人が何百年も頭を悩ますことはなかったかもしれない。

「ちなみに夢の作業の残りの二つは、翻訳と2次加工です。

翻訳とは、夢のテーマを何かに置き換えること。たとえば自分に迷いがあるとき、迷路の中にいる夢を見ることなんかが典型的です。2次加工とは、これまでの圧縮、移動、翻訳という作業によってできた夢に、全体の調和を与える作業です。魏志倭人伝の2次加工は、ちょうど解きがいのある夢に似ているかな。だからこんなにも人々を惹《ひ》きつけるのでしょう。絶妙な塩梅《あんばい》です」

「たしかに〝夢〟があるよ、魏志倭人伝には」

「ここで大切なのは、夢には夢なりの内在的論理があるってことです。たとえば夢の中ではときどき『変換』が起こります。それまで豆腐を食べていたのに突然ニンジンに変わったり、父親だと思っていた相手が仙人に変わったりします。だけど豆腐が仙人に変わることはないし、父親がニンジンに変わることもない。ヒトはヒト。モノはモノ。夢の内在的論理は、なぜかそこを遵守するんですよ。僕が先ほど叔父さんの夢を予言できたのも、叔父さんの一連の夢の内在的論理を見抜いたからです。そしてこれは魏志倭人伝という夢にも応用できます。つまり、倭人伝には倭人伝なりの内在的論理があるんですよ。変えていいものと、いけないもの。そこをまず見抜くんです」

先ほど寿司屋で財布の中にしまった箸袋へ意識が行った。アスカは一体どんな予言をしたのだろう。

「ところで、このあと倭と中国の関係はどうなるんですか」

「魏で内紛が起きて、西暦265年に司馬炎《えん》が晋を建国する。その翌年に台与は晋へ朝貢しているが、次に中国の正史に詳しく倭が登場するのは150年後のことだ」

「そのあいだは、まったく関係が途絶えてしまったんですか」

「そんなことはない。『晋書』の中には〈東夷〉の記事がたくさん出てくる」

私はいつもネット上で活用している東アジア年表を開いてみせた。

278年　東夷六国来献
280年　東夷二十国朝献
281年　東夷五国朝献
289年　東夷絶遠、三十余国来献
290年　東夷七国朝貢
382年　東夷五国、遣使来貢方物

「詳しい記述がないだけで、これらの東夷のなかに倭もあったはずだ。朝貢は続いていたんだよ」

「じゃあ150年後に出てくる倭の詳しい記事とは？」

「倭の五王の上表文だ。たしかこの年表の中にも……あった。西暦478年、倭王の武《ぶ》が宋の皇帝に使いを出した。上表文の主な内容はこれだ」


封国は偏遠《へんえん》にして藩《はん》を外に作《な》す。昔から祖禰《そでい》躬《みずか》ら甲冑を環《つらぬ》き、山川《さんせん》を跋渉《ばっしょう》し、寧処《ねいしょ》に遑《いとま》あらず。東は毛人を征すること、五十五国。西は衆夷を服すること六十六国。渡りて海北を平らぐること、九十五国。


「わが国は遠くにあり、あなたの国から見れば隔絶の国です。先祖はみずから鎧《よろい》かぶとに身を固め、山川をわたり、休む暇もありませんでした。おかげで東は55ヶ国、西は66ヶ国、海を渡って北の95ヶ国の夷《えびす》どもを平定しました」

「西暦478年というと、卑弥呼が死んで230年後のことですね」

「そうだ。この倭王の武は第21代の雄略《ゆうりゃく》天皇だと言われている」

「ちょっと時系列を整理していいですか」

アスカが膝の上にノートを広げ、倭国年表を記していった。

57年　九州の奴国にいた倭王が後漢から金印を授かる。
107年　倭王の師升が生口160人を連れて後漢に朝貢する。おそらく北部九州にいた王と思われる。
170〜180年　倭国大乱。これを治めるために卑弥呼が共立される。
238年　狗奴国との戦争。卑弥呼が魏に使いを送る。
247年　卑弥呼、逝去。台与が立つ。
478年　21代雄略天皇が大和から宋に使いを送った。

「これが中国の正史に記された倭国の歴史ですね」

「そうだ」

「もし邪馬台国が畿内にあったなら、西暦57年から238年までのどこかで、九州から畿内に覇権《ヘゲモニー》が移ったことになる」

「ああ」

「もし邪馬台国が九州にあったなら、卑弥呼が亡くなった西暦247年から478年までのどこかで、九州から畿内にヘゲモニーが移ったことになる」

「で、その答えはいつ聞けるんだ？」

「もう少しお待ちください。いま中間報告の資料を作っているので。最後の巨大な謎についても考えたいし」

「わかった」

枕元には私がプレゼントした記紀が置かれていた。読んだのかとたずねると、いま2周目ですとアスカは答えた。

「記紀神話は魏志倭人伝以上に夢にそっくりですね」

「へぇ、そうなのか」

「心は基本的にアナーキーなものだから、夢は簡単に時空を飛び越えます。記紀もあっさり飛び越えますね。天孫降臨に、出雲の国譲りに、神武の東征。どれ一つとっても、夢物語としてはクリアなのに、時系列では整理しきれない。圧縮、移動、翻訳、2次加工の宝庫で、明らかに〝夢の作業〟が行われています。まあフロイトも『夢と神話は同じ仕組みをもつ』と言ってたから当然なんですけど。なんでもっと早く日本神話を勉強しなかったんだろう、って後悔してますよ。それでは中間報告でお会いしましょう。今日はご馳走さまでした。よい夢を」

## (9)

私の明晰夢の快進撃が始まった。

〈27日 ◎ 妻が台所で野菜を刻んでいる。私はその様子を見守りながら、「妻は卑弥呼のことを考えているのだ」と思っている。私は夢を長引かせるために、しきりに手を擦り合わせようとするが、台所から出てきた妻に「そんなことしてもムダよ」と言われ、夢が終わる〉

不思議な気持ちで目覚めると、半分はまだ微睡《まどろみ》の中にいながら、

――いまの夢には、どこか画期的なものがあったぞ、と思った。

うつらうつら考え、そうだ、夢の中で妻の声を聞けたのは初めてじゃないか、と思い当たった。ずっと聞きたいと思っていた、あの声を。

〈28日 ◎ 妻とアスカと3人で、ホテルの最上階のバーで順番待ちをしている(いまアスカが泊まっているホテルだ)。なかなか席が空かず、やきもきしている私に、アスカが「まだ掛かりますよ」と言い、妻がクスッと笑う。妻はお出掛け用の白いワンピースを着ている。なんとなく30代前半くらいに見える〉

シーンだけ切り取れば数秒程度の内容だったが、体感的には30分ほどにも感じられた。

3人でのお出掛けは、まるで仲の良い親子のようで、目覚めてからも温かい気持ちに包まれていた。

その夢を見た昼のこと、会社の近くの喫茶店で食事をしていたら、アスカから立て続けにメッセージが届いた。

〈いま、纏向遺跡に来ています。本当に大きな遺跡ですね！〉

〈メイからも久しぶりに「それなりに楽しくやっているから心配しないで」と連絡がきました。ひと安心です！〉

メッセージには、遺跡の前でピースする自撮り画像が添えられていた。写真を見ていると、山《やま》の辺《べ》の道の情景が胸をよぎった。纏向から延びる日本最古の古道で、私はあの辺りを妻と逍遥《しょうよう》したことがあった。古代の面影を残す静かな緑道で、一陣の涼風に吹かれたことを思い出すと、まるで明晰夢の続きの中にいるような気持ちになった。

すべての出来事は、1秒後には思い出となる。

今朝がた見た妻の夢も、20年前の妻との旅の情景も、すべては私の胸に蔵《しま》われ、そして私の胸を舞台に甦るのだとしたら、夢と現実にそれほど差はないのではあるまいか。アスカが言うように、心はやすやすと時空を飛び越えるのだから。そう考えることは、私にとってすこし慰めとなった。

午後の仕事に戻ってからも、アスカからは逐一、報告が入った。

〈いま、博物館の学芸員の方にお話を聞いてきました。叔父さんのおっしゃる通り、纏向は100年遺跡と呼ばれているそう。こんな立派な遺跡を100年で捨てちゃったなんて不思議ですね〉

〈いま、大神《おおみわ》神社に参拝してきました！　とっても古くて、大らかなフォルムで、得体の知れない気配もあって、すばらしいですね。ここからの景色が、大和の倭人たちの原風景なのかな？　おっと、そろそろバスが来そうだ。それじゃまた！〉

〈そうめん食べました。おいしい〉

まるで遠足に行った子供が、「うんとね、まずバスに乗ってね、それから高速を走ってね」といちいち母親に報告しているみたいなはしゃぎ方だった。

纏向を訪れたということは、アスカは畿内説に立っているのだろうか。それともこのあと九州まで足を延ばすつもりか。いずれにせよアスカが古道の小川のせせらぎで、カエルの卵に遭遇しないことを願うばかりだ。

その晩も私は夢を見た。
〈29日　◎　アスカと妻と3人でディズニーランドへ行く。なにかの順番待ちをしているあいだ、妻が笑う〉

3夜連続で成功したことにより、私は自分の明晰夢のステージが1段上がったことを確信した。

そしてフロイトが言うように、私は自分の夢の意味をすでに知っているのかもしれない、と思った。なぜだか分からないがそんな気がしたのだ。強《し》いて言えば、夢の中で感じるある種の懐かしさが、私にそう思わせたのかもしれない。何者かに夢を見させられているという感じもしていた。

それにしても、睡眠の世界がこんなにもカラフルだったとは！

練習すれば、こうも簡単に見たい夢を見られるとは！

うつ病の頃は、眠れぬ長い夜が恐ろしかった。だがいまは、1日の最後にボーナスステージが用意されているような気分だ。


出社すると、珍しく業務上のことで里見にたずねる事案が出てきた。ついでにご機嫌うかがいするつもりで内線を入れると、ほかの人が出て、「里見さんはお休みです」と言われた。

私は〈今日休み？　体調大丈夫？〉と里見にLINEを入れたが、なかなか既読にならなかった。

アスカから連絡があったのは、あくる日のことだった。

〈思ったより早く中間報告の準備ができたので、ホテルの部屋まで来て頂けますか。すこし長くなりそうですが、いつにします？〉

手帳を繰ると、明日の午後が空いていた。

〈明日なら15時から大丈夫だけど〉

〈承知しました。お待ちしております〉

私の腹づもりでは、夕方くらいに報告を聞き終わり、階上《うえ》のバーでご苦労さん会をやる計画だった。帰国リミットが迫ってきたアスカとのお別れ会を兼ねることになってしまうかもしれなかった。

約束通り、15時にアスカを訪ねると、床を占有していた書物は部屋の隅によけられていた。

机は清浄で、窓は明るく、私のためのレジュメと飲み物が用意されていた。

「それでは始めます」

厳粛な雰囲気の中で中間報告が始まった。この時点では、アスカがどこまで謎に迫れたかな？　と、まだ高みの見物気分が抜けていなかった。

「まずは畿内説と九州説の強み弱みについて、ひとつずつ検討していきましょう。

はじめに畿内説から。畿内説の強みは纏向遺跡にあります。卑弥呼の時代に日本で最大の遺跡であったことは、放射性炭素年代測定法で証明されている。箸墓古墳も卑弥呼の亡くなった時期とぴったり符合する。

　これに対する九州説の反論は、『測定は畿内説を支持する特定のグループしか行っていないし、結果には誤差が含まれるはずだ』というものでした。さらに記紀には、『磯城《しき》の纏向に宮を構えたのは10代崇神《すじん》、11代垂仁《すいにん》、12代景行《けいこう》の3代の天皇である』と書かれています。ここには卑弥呼の卑の字もありません」

　私はすこし感心した。纏向が崇神から3代にわたる天皇の都であることは、記紀を読めば誰にでもわかる。しかしこれを見落としたり、軽視する古代史ファンは多い。

「よく気づいたな」

「ありがとうございます。いきなり脱線して恐縮ですが、記紀を読んでいて気になったのは、魏志倭人伝との接着点の少なさです。日本書紀の注にちらっと卑弥呼が出てくるだけですね。14代仲哀《ちゅうあい》天皇の妻であった神功《じんぐう》皇后が、卑弥呼だったかもしれないと匂わせるかたちで。しかし後で述べるように、神功皇后は卑弥呼より１００年ほどあとに活躍した女性です。

　つまり記紀を編纂していた西暦７００年前後の大和朝廷には、卑弥呼に関する記録も、記憶も残っていなかった。あるいは残っていたのに、なんらかの都合により知らんぷりをしていた」

「そうなるな」

「知らんぷりした理由の一つは、中国に朝貢していた事実を隠したかったからかもしれませんね。日本書紀は国史として書かれました。当然、自国のいいところばかり書きたくなるのが人情です。ところが魏志倭人伝を読むと、犬が尻尾《しっぽ》を振るように中国へ朝貢を繰り返していたことがわかる。のちに倭の五王が猟官運動のために朝貢していたことも、日本書紀には書かれていません。さすがに倭の五王の時代のことは、朝廷にも記録が残っていたはずなのに」

「おっしゃる通りだ」

「ここから分かるのは、記紀の編集方針の一つが『中国に朝貢していた事実は記さない』であったことです。これはなかなか強烈な〝検閲〟です。

もう一つ、記紀に関する本を読んでいて気になったことがあります。それは一部の学者が、記紀に書かれた古い時代のことを『確証のないまったくの絵空事だ』と捉えていることです。彼らによれば、神武の東征も、出雲の国譲りもなかったことになる。第2代から第9代までの天皇は実録性に乏しいから〝欠史八代〟という創作上の天皇とされてしまう。倭建命《やまとたけるのみこと》の東西への遠征も、神功皇后の〈三韓征伐〉もなかったことになる。どうしてこんなことになっちゃったんですか。すべてがフィクションだなんてありえないでしょう？」

「戦前の皇国史観の負の遺産だ。日本人は戦時中に『記紀に書かれたことはすべて事実だ』と信じ込まされた。それが非科学的な精神を育み、あの敗戦に突き進んだというロジックだ。戦後はその反動で〝疑わしきは信ぜず〟という態度で記紀に臨もう、となってしまったんだよ。

見てきた通り、魏志倭人伝もアバウトなところは多い。だが記紀はそれよりもデタラメが多い書物と見なされるようになった。たしかに、初代神武天皇の即位を紀元前６６０年に設定するなんてのは、やりすぎだがな」

「でも『疑わしきは信ぜず』は明らかに行き過ぎですね。夢学者として言わせてもらえば、夢や神話は必ずなんらかの現実の反映です。生まれたばかりの赤ちゃんが物語性のある夢を見られないように、ゼロから物語を創造することは誰にもできません」

「だけど今はだいぶ改善されてきたよ。昔よりフェアな態度で記紀に臨む人が増えてきた。疑わしきはいったん保留しておく。あるいは、疑わしきはとりあえず信じて立論の根拠にしてみる、という感じかな」

「それが健全な態度ですね」

「同感だ」

「話を畿内説に戻しますと、畿内説の二つ目の強みは、邪馬台がヤマトと読めそうなことです。これに対する九州説の反論は、当時の日本にヤマトという地名はたくさんあったというものでしたね」

「そうだ」

「けれども僕はやっぱりこの『邪馬台→ヤマト→大和』という音の繋がりが、畿内説の一番の心の拠《よ》り所《どころ》になりうると思うな。『のちの大和朝廷が大和の地にあったことは確かなのだから、倭人社会を代表して魏とやりとりしていた邪馬台は大和のことに違いない』というね」

「事後的な事実を参照するってわけか」

「そうです。案外これは馬鹿にできません。たとえば夢解釈が可能なのは、その人の人生なり、記憶なりというバックグラウンドを参照できるからです。僕が叔父さんの夢を予言できたのも、叔父さんのバックグラウンドを知っているからです」

私は財布の中に眠る箸袋に意識がいった。「まだあれ開けちゃダメなの?」「ダメです」というやり取りをはさんだあと、アスカが続けた。

「日本の古代史も同じです。夢のロジックに似た部分も多いからこそ、事後的な事実を参照するのはとても大切だと思うんです。そもそも記紀に出てくる古代天皇は、しょっちゅう夢を見ていますね。それも必ず予知夢かテレパシー夢です。古代人が夢の不思議なロジックに魅了されていた証拠です。

さて、最後にもう一つ畿内説の強みを挙げておきます。不弥国から邪馬台国まで2ヶ月

| 畿内説の強みと九州説の反論 | |
|---|---|
| 1 | **強み→**纒向遺跡が卑弥呼の時代に日本最大の遺跡であったことは放射性炭素年代測定法により証明されている。 |
| | **反論→**放射性炭素年代測定法には誤差が含まれる。そもそも纒向遺跡の測定は畿内説のグループしか行っておらず、試料の選出など、フェアとは言い切れない可能性もある。 |
| 2 | **強み→**箸墓古墳は卑弥呼の墓と思われる。 |
| | **反論→**おなじく放射性炭素年代測定法に疑問あり。日本書紀に箸墓は『倭迹迹日百襲姫命の墓である』と記されている。魏志倭人伝に記された卑弥呼の墓の描写とは、規模も造形も異なる。 |
| 3 | **強み→**邪馬台はヤマトと読める。 |
| | **反論→**当時の日本にヤマトという地名はありふれていたのでは？ |
| 4 | **強み→**のちの大和朝廷は大和の地にあった。同じ音をもつ邪馬台国も大和の地にあったに違いない。 |
| | **反論→**事後的な推論にすぎない。 |
| 5 | **強み→**不弥国から邪馬台国までは２ヶ月掛かる。九州から出てしまうはずだ。 |
| | **反論→**放射説など、さまざまな可能性を提示できる。 |

掛かった件です。九州にあったなら、そんなに掛からないんじゃないか、というのが畿内説の主張でした。これには畿内説も九州説も、さまざまな読み方を唱えてきました。ここまでの畿内説の強みと反論を表にまとめるとこうなります」

アスカからコピーを手渡された。

「次に九州説にいきます。九州説の強みは、まず魏志倭人伝が〈渡海〉と〈水行〉をきちんと使い分けていることです。海を渡ることを渡海。海岸線をつたうことを水行と書いています。くわしく見ていきましょう。

帯方郡を出発した使者たちは、まず朝鮮半島の西岸に沿って水行して、狗邪韓国に着く。

ここから対馬国へ渡海する。

次に一支国へ渡海する。

次に末盧国へ渡海する。

文字通り三つとも渡海です。海を渡った。

そして不弥国まで陸行したあとは、水行20日で投馬国に着く。

さらに水行10日と陸行1月で邪馬台国に着く。

つまり九州島に着いてから、一度も渡海していない。だから邪馬台国は九州にあったとする考え方です」

「これはとても重要な指摘だと思う。でもなぜか、九州説の人たちもあまりここを強調しないんだよな。なんでだろう」

「関門《かんもん》海峡が狭いからじゃないですか。あの海峡は数百mしかなくて、向こう岸の人がよく見えるそうですね。仮に邪馬台国が大和にあったとしても、関門海峡を渡ることを魏使たちが〈渡海〉と思わなかった可能性もあるのでは？」

「だけどあそこの海流はとても速いんだぜ。太平洋まで流されてしまうこともあるというから、命がけの〈渡海〉だ。もしそこを渡るなら、倭人の船乗りたちが『ここは危険な海峡です』と教えたと思うがなぁ」

「そこはなんとも言えませんね。ところでこの前、夢の内在的論理についてお話ししたのを覚えていますか。夢の中で起こる変換にも『ヒトはヒト、モノはモノ』というルールが存在するってやつです」

「ああ、覚えてるよ」

「僕は魏志倭人伝におけるルールでいちばん確かなのは、この渡海と水行の使い分けだと思います。里数や日数では勝手に変換が起こるのに、陳寿はこの二つだけは頑《かたく》なに守っている」

「言われてみればそうだな。なぜだろう」

「陳寿が見ていた〝夢〟が、そういう夢だったと言うほかありません。

さて、九州説の次なる強みは方角に関することです。これが四つほど続きます。

一つ目は『女王国より北の伊都国に一大率を置く』とあるくだり。このことから女王国は伊都国の南にあったとわかります。

二つ目は対馬、一支、末盧、伊都、奴、不弥の6ヶ国について、『女王国より北の国々については詳しく記すことができた』とあるくだり。ここからも女王国がこの6ヶ国より南にあったとわかります。

三つ目は『狗奴国は女王国の南にあった』というくだり。狗奴国が熊本にあったなら、女王国は玄界灘と熊本の間にあったことになります」

「素直に読めばそうなるよな」

「四つ目は『女王国の東へ渡海して１０００里のところにまた倭種の国がある』というくだり。邪馬台国が九州にあったなら、これは本州や四国のことでしょう。しかし邪馬台国が纏向にあったなら、東に渡海する海がありません」

「うん。ここは畿内説の痛いところだ。伊勢《いせ》湾や琵琶《びわ》湖のことだと強弁する説もあるが、それだとお前の言う通り、渡海ではなくて水行と書くはずだからな」

「そうですね。あとやはり里数の問題も九州説に有利に働きます。

帯方郡から邪馬台国まで1万２０００里。不弥国までに1万７００里を費やしていますから、残りは１３００里。となると１００㎞程度ですから、ほとんど九州島を出ることはない。

仮に松本清張が言うように1万２０００里が観念上の数字だったとしても、陳寿は計算のできない人ではなかった。テキスト内の数字の整合性を求める人でしたからね。だから単純な引き算により、邪馬台国が不弥国から近い距離にあったという確証はあったのでしょう」

「まだ、九州説の強みはあるか？」

「あります。記紀に由来するものです。これをご覧ください。初代神武天皇の即位を紀元前とするのは、叔父さんの言う通りやりすぎです。そこで、現実的な年代で10代崇神天皇から21代雄略天皇までの没年干支を西暦に当てはめてみた表です。古事記に載っていた歴代天皇の没年干支を参考にしました。

古事記の没年干支を信用しない人もいるらしいですが、天皇の没年の記録にはなんらかの根拠があったと考える方が自然です。少なくともデタラメであると断じる理由はどこにもありません。

干支から類推すると、第21代雄略が亡くなったのは西暦489年。彼は倭王・武として478年に宋の皇帝へ朝貢しているから妥当なところでしょう。

また埼玉県の稲荷山《いなりやま》古墳から見つかった銅剣には『辛亥《しんがい》の年』『ワカタケル』と刻まれていた。ワカタケルとは雄略天皇のことだから、この辛亥の年は471年と推測できます。

| 代 | 天皇 | 干支 | 西暦 |
|---|---|---|---|
| 10 | 崇神 | 戊寅 | 318 |
| 11 | 垂仁 | ? | ? |
| 12 | 景行 | ? | ? |
| 13 | 成務 | 乙卯 | 355 |
| 14 | 仲哀 | 壬戌 | 362 |
| 15 | 応神 | 甲午 | 394 |
| 16 | 仁徳 | 丁卯 | 427 |
| 17 | 履中 | 壬申 | 432 |
| 18 | 反正 | 丁丑 | 437 |
| 19 | 允恭 | 甲午 | 454 |
| 20 | 安康 | ? | ? |
| 21 | 雄略 | 己巳 | 489 |

この二つの傍証により、第21代雄略天皇が西暦470～480年代ごろに在位した天皇であるという確かなベンチマークとなりました。

これは古代史家の安本美典《やすもとびてん》さんの本で知ったことですが、古代天皇の在位期間の統計を取ると、だいたい1代10年ほどだそうですね。しかもこれは1世紀から8世紀における、世界の王権のほぼ全てにあてはまる傾向だそうです。つまり中国の皇帝も西洋の王様も、在位はだいたい10〜12年くらいだった。古くなるにつれ、在位が短くなる傾向はあるそうですが、ここではおおむね10年と捉えておきましょう。

さて、この基準を使って、雄略からどこまで正確に歴代天皇の実在年代を遡《さかのぼ》れるか。まずは雄略の５代前の16代仁徳《にんとく》天皇について見てみましょう。

彼は倭の五王『讃《さん》・珍《ちん》・済《せい》・興《こう》・武』の初めの讃と目されています。讃が宋の皇帝に使いを出したのが西暦４２０〜４３０年ごろ。つまり仁徳の没年が西暦４２７年というのはぴたりと符合します。

すると15代応神《おうじん》天皇が亡くなった『甲午《こうご》』が西暦３９４年であるとわかります。干支は60年で１周しますから、応神が亡くなった『甲午』を１周前の西暦３３４年とすると、１代後の仁徳と１００年近く差が開いてしまいますからね。

応神の没年が３９４年とわかれば、１代前の14代仲哀が亡くなった『壬戌《じんじゅつ》』も、西暦３６２年と確定できます。

次は神功皇后。彼女は先述したように14代仲哀の妻であり、15代応神の母でした。そこからも彼女の活躍した時期が西暦３６０年〜70年代ごろであると分かります。これについては物証もあります。奈良県の石上《いそのかみ》神宮に残されている国宝の七支刀《しちしとう》です。あれは日本書紀の神功皇后のくだりに出てくる『百済《くだら》王から倭国王に贈られた七枝刀《ななつさやのたち》』のことですよね。

バックグラウンドを説明すると、百済王は高句麗の侵略に苦しんで倭国と同盟を結んでいた。人質も差し出していたし、貢ぎ物も贈っていた。あの刀はその一環として贈られたものです。刀身には全部で61字が刻まれていましたが、腐食により読めるのは49字だけです。字釈についてはさまざまな説が出ていますが、『百済王が倭王へ贈った』という内容については一致を見ています。

そして刀には『泰和4年につくられた』と読める箇所があります。これが東晋の『太和《たいわ》4年』のことなら西暦372年を指します。『太』と『泰』は音通の慣例によって書き換え可能ですからね」

私はうなずいて言った。

「俺も神功皇后の実在と、活躍時期について異論はないよ。あの時代、倭国は全国統一に近づきつつあった。織田信長《おだのぶなが》や豊臣秀吉という畿内勢力によって天下統一の進んだ16世紀のイメージに近いだろう。秀吉が九州を平定した余勢を駆って、朝鮮に討ち入りしたところまで似ている」

「しかし神功皇后による九州征服や〈三韓征伐〉はおろか、実在まで疑う人がいるみたいですね」

「ああ、いる」

「僕にはまったく理解できませんでした。疑うべき理由がないからです。

倭王武の上表文には、先祖が『渡りて海北を平らぐること95国』と出てきます。あれはまさに〈三韓征伐〉のことではないですか。神功皇后とほぼ同時代人である高句麗の広開《こうかい》土王《どおう》の碑にも『倭人が朝鮮半島を攻め上がってきた』とあります。そもそも朝鮮側の記録である『三国史記』には、神功皇后より遥か以前から、倭人が侵略してきたという記述がたくさんあるそうですね。神功皇后の遠征を認めない人は、倭人の侵略性と行動範囲をすこし過小評価しすぎなんじゃないですか」

「かもしれんな」

「とにかくいま見てきたように、神功皇后の活動時期は卑弥呼が亡くなって100年以上あとのことですから、日本書紀の注が匂わせていた卑弥呼＝神功皇后説は成り立ちません」

「異議なしだ」

「では次に、もう2代遡って12代景行天皇を見てみましょう。彼は歴代天皇の中で初めて九州へ侵略した人物です。景行は自ら熊襲を討ちました。けれどもまた叛いたので、息子の倭建命に討たせに行かせています。景行の没年干支は記紀に残されていませんが、1代10年の法則を用いると、だいたい西暦３３０〜３４０年代ごろに在位した人となります。

次に10代崇神天皇へ遡りましょう。彼は古代天皇の中でもエポックメイキング的な人物ですね。纏向遺跡に君臨し、混雑していた祭祀を整え、大和地方を統一し、その勢力を全国規模へ広げようとしました」

「日本書紀には、崇神の別名は御肇國天皇《はつくにしらすすめらみこと》であったと記している。初めて天下を治めた人物という意味だ。ところがこれは初代神武天皇と同名で、だから神武と崇神は同一人物だという説もある」

「あれも僕には意味不明でした。同一説を唱える人は、『天皇家の起源を古くしたいから、初代神武から9代目まで架空の天皇を加上した』と言いたいようですね」

「そうだ。欠史八代というやつだな」

「だったらわざわざ同じ名前を残して、足がつくようなヘマをするはずがない。それに神武の別名は始馭天下之天皇《はつくにしらすすめらみこと》という表記ですから崇神と違います。いまの言葉で言えば、神武は『創業者』であり、崇神は『中興の祖』であったと言いたかっただけじゃないかな。

ついでに欠史八代について述べておくと、二人の英雄に挟まれた2代目から9代目までの事績が乏しいのは、よくあることじゃありませんか。

たとえば江戸時代から数百年続く味噌《みそ》屋さんがあるとします。当代で20代目ですが、彼は幼い頃から創業者と中興の祖のお話ばかり聞かされてきた。創業者はどこから来て、どこにどうやって店を開いたか。そのあと中興の祖が出て、どうやって事業拡大をしたか。こんな話だけが脈々と語り継がれてきたんです。残りの当主は、名前のみ系譜に残されていた。だからと言って、彼らが架空の人物であるはずもない。これと同じだと思うんですよね」

「そうだな。アメリカのように歴史の新しい国だと、どうなのかね」

「アメリカは移民の国だから、自分の先祖がイタリアから来たとか、アイルランドから来たということは誰でも知っています。しかし一般人がご先祖を遡れるのは、お祖父《じい》さんか、せいぜい曽祖父《ひいじい》さんくらいまでというのは、われわれと同じです。僕らだって曽曽祖父《ひいひいじい》さんがどんな人物だったかなんてよく知りませんよね」

「ああ。うちの一族も元は平家《へいけ》だって聞いたことがあるけど、根拠はどこにあるんだか」

「ふふふ。いくら天皇家と言えども、記紀を編纂していた頃から500年も前の記録は乏しかったのでしょう。たいした事績も残さなかった天皇なら尚更です。だけどそれをもって『架空の天皇だ』と決めつけるのは乱暴すぎる。崇神に話を戻していいですか」

「オーケー」

「崇神の没年干支は『戊寅《ぼいん》』。つまり西暦318年か258年に亡くなったことになります。12代景行が西暦330～40年ごろの人物だったことを考えると、1代10年として318年説を採るのが自然でしょう」

「258年説を採る人もいるぞ」

「それはだいたい畿内説の人ですよね。そうすれば崇神と卑弥呼を同時代人にできるから。

| 九州説の強みと畿内説の反論 | |
|---|---|
| 1 | 強み→魏使一行は九州に入ってから一度も「渡海」していない。 |
| | 反論→関門海峡が狭いから水行と勘違いした可能性は？ |
| 2 | 強み→邪馬台国は伊都国の南にあった。 |
| | 反論→なし。 |
| 3 | 強み→邪馬台国は玄界灘に面した6ヶ国の南にあった。 |
| | 反論→なし。 |
| 4 | 強み→邪馬台国は狗奴国の北にあった。 |
| | 反論→なし。 |
| 5 | 強み→邪馬台国から東へ渡海するとまた倭種の国がある。 |
| | 反論→なし。 |
| 6 | 強み→帯方郡から邪馬台国までは1万2000里。不弥国から邪馬台国までは残り1300里だから100㎞程度。 |
| | 反論→1万2000里は観念上の数字だからアテにならない。それよりも不弥国から2ヶ月掛かったという記述を重視すべきでは？ |
| 7 | 強み→箸墓古墳の被葬者である倭迹迹日百襲姫命は卑弥呼と同時代人ではない。 |
| | 反論→古事記の没年干支はアテにならない。 |
| 8 | 強み→大和朝廷が九州まで勢力を伸ばすのは西暦330年代以降のこと。邪馬台国の時代に九州を傘下に収めてはいなかった。 |
| | 反論→前項と一緒。 |

そして両者が同時代人なら、崇神と同時代人の倭迹迹日百襲姫命も同時代人となり、彼女を埋葬した箸墓古墳を卑弥呼の墓と比定できる。しかしそれでは12代との差が開きすぎるんです」

「これで『箸墓古墳は卑弥呼の墓だ』という主張は葬り去られるわけか」

「ええ。しかしそんなことは大きな問題じゃありません。もっとも大事なのは、崇神の大和朝廷が九州まで勢力を伸ばしていなかったという事実です。崇神は四道《しどう》将軍を派遣して全国制覇を進めますが、西は出雲までしか出兵していません。九州は手つかずでした。

大和朝廷が九州に手を伸ばすのは、先に述べたとおり12代景行からです。西暦で言えば330年代ごろから。つまり卑弥呼の時代に、大和王権と九州王権はそれぞれ独立していたと考えられます」

「これで九州説の主張は終わりか？」

「ええ。一覧をどうぞ」

私は両説のシートを見比べ、「こうやって見ると、文献上は九州説が圧倒的に有利だと再認識させられるよ」と言った。

「そうですね。とりあえずここは九州説を採用して、その最大の弱みを見ていきましょう。水行日数の件です。

〈南至投馬国、水行二十日〉

〈南至邪馬台国、水行十日、陸行一月〉

これに説明がつけば、九州説はさらに有利になります。どんな説があったかまとめてあるのでご覧ください」

私は新たなシートを受け取った。

1　伊都国からの放射説。

2　水行すれば10日、陸行すればひと月と読む説。
3　写し間違え説。本当は「水行2日」「陸行1日」だったなど。
4　両方とも帯方郡からの日数を記したものだという説。
5　実際にそれだけの日数が掛かったのだという説。

「1の放射説については、中国人学者の謝銘仁さんが『原文を読む限り成立しようがない』と述べていましたね。2の『水行すれば10日、陸行すればひと月』についても、もしそう読ませたいなら、〈或水行十日、或陸行一月〉と『或』の字が入ってないとおかしいとのことでした。陳寿の筆クセから言ってもそうなるそうです。ここはネイティブの意見に素直に従いましょう。

言語学者である僕の母もつねづね言っています。『現代文にかぎらず、古文であっても鑑賞力はネイティブに絶対に敵わない』と。言葉には辞書的な意味に加えて、いろいろな要素が詰まっていますからね。

たとえばイギリス文学は14世紀のチョーサーをもって成立したとされます。彼は宮廷人であり、外交官でもありました。イタリアやフランスに滞在経験があったので、彼の文藻には両国の香りがこめられています。チョーサーの作品は詩です。イギリス人学者なら個々の単語に音楽性や匂いを読み取れます。しかし日本人学者にそこまでの鑑賞は難しいでしょう。ちょうど陳寿の駢儷文がわれわれに味わいにくいように」

「なんだか高尚な話になってきたが、ネイティブの意見に従うというのには賛成だよ」

「3についてはなんとも言えませんね。900年のあいだに写し間違えがあった可能性は100%です。しかしそれがここの箇所だったかと言われると……」

「もし陳寿の原本に近い時代の写本が見つかって、そこに〈水行二日〉とか〈陸行一日〉なんてあったら、『な～んだ』ってなるよな」

「なかなか壮大な喜劇《ファルス》ですね」

「すると残るは4と5だな」

「ええ。まずは4の、両方とも帯方郡からの日数を記したとする説ですが、これは最近ウケがいいみたいですね。この説を唱えている人を何人か見かけました」

「ああ。九州説のドンともいえる森浩一《もりこういち》さんも、晩年はこの説に傾いていた。〈南至投馬国〉〈南至邪馬台国〉はあまりに唐突に現れるし、ここだけ文章の雰囲気も違う。だから陳寿があとから違うレポートを挿入したんだろうって」

「それはまさに〝夢の作業〟です」

「たしかに突然、里数から日数に表記が変わるし、この両国の戸数だけは『可り』が用いられている。不弥国までのレポートとは違う時代、違う使節団の手になるものだった可能性は高いな」

「もはや陳寿が魏志倭人伝における〝無意識〟の役割を担っていたことは疑いようがありません。彼はたくさんのレポートを『圧縮』し、全体に調和を与える『2次加工』に頭を悩ませていた。しかも文章のリズム、対句表現、1万2000里の概念、甲子一巡の思想と、守らねばならないルールも多かった。

さらにあの時代はレーダーも測定機器もないし、倭人は里数の数え方も知らず、王の名前も絶対に教えまいとする。お役人たちはお役人たちで、出張手当てを弾んでもらおうと、レポートに色をつけていた可能性まである。これじゃ夢解釈が必要になるのも当然ですよ」

「眉間にシワを寄せつつ、筆が渋る陳寿の姿が目に浮かぶようだよ」

「ところでこの帯方郡からの日数説には、2説あります。

一つは、両国とも帯方郡からの日数を記したという『帯方郡からの放射説』。

もう一つは帯方郡↓投馬国↓邪馬台国と道順どおりに記したという説です。

まずは放射説における、邪馬台国への道のりから見ていきましょう。使節団は帯方郡から船に乗り、水行10日で末盧国に着きます。ここから陸行ひと月掛けて邪馬台国をめざすのですが、東、西、南、どちらへ向かったのかは不明です。どちらへ向かおうとも帯方郡から見て『南』なのは間違いありませんからね。しかしここで船を降りる以上、海岸をつたう水行よりも、陸行が便利だったことは確かです」

「いずれにせよ邪馬台国は末盧国から陸行ひと月の所にあったたってことか」

「そうです。次に帯方郡から投馬国までのルートを考えてみます。帯方郡から末盧国まで水行10日は同じです。しかしここで上陸せず、さらに10日ほど水行を続けます。東へ向かえば、投馬国の有力な候補地である宮崎県の西都市に着きそうな気がしますが、いかがですか」

「あり得そうな話だ」

「あるいは途中で、不弥国を流れる御笠川《みかさ》から内陸へ遡行したことも考えられます。そのすこし先にある遠賀川《おんが》かもしれませんが」

「水行には川旅も含まれるからな。そのケースだと投馬国の候補地はどこになる？」

「そのあと陸行していない以上、御笠川や遠賀川沿いにあったことになります。御笠川の上流付近には太宰府《だざいふ》がありますが、これを投馬国と比定する説があったかどうか……」

「なくはなかった気がするが、かなり珍しい説だな。末盧国から西へ向かった可能性は？」

「ほとんどないと思います」

「なぜ？」

「有明海の制海権を狗奴国に握られていた可能性が高いからです。狗奴国が呉と通商していたなら、強力なシーパワー国家である呉から造船や海戦の仕方を学んでいたでしょう」

「なるほど。有明海を狗奴国に押さえられていたら、魏使がそんな危険な西ルートを選ぶ

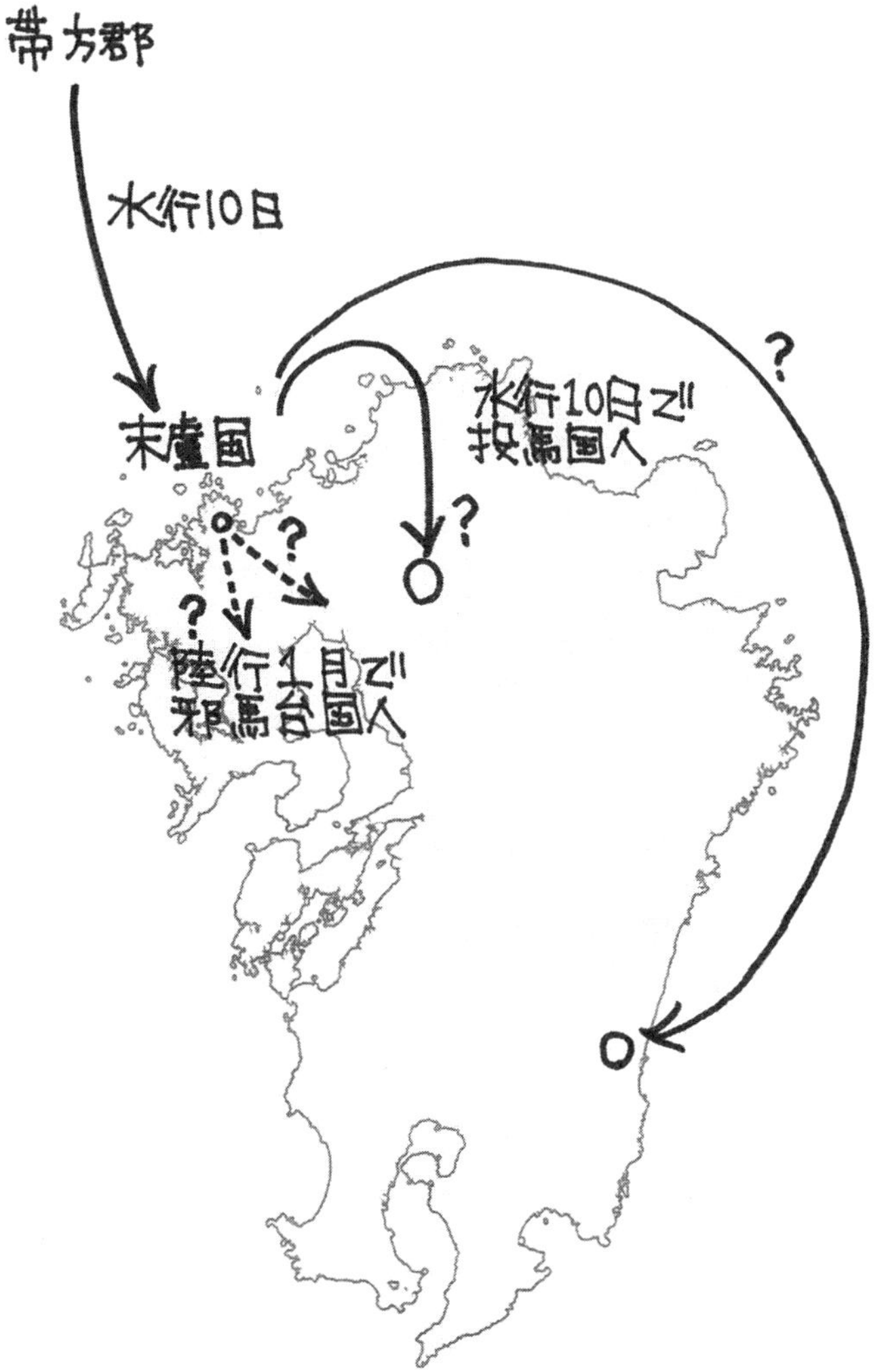
帯方郡
水行10日
末盧國
水行10日で
投馬國へ
?
?
?
陸行1月で
邪馬台國へ
?

はずがないよな」

「ええ。仮に邪馬台国が筑紫《つくし》平野にあったとしても、末盧国から西ルートを選ばなかった理由はそこにある気がします。安全な筑後《ちくご》川を下るルートを選んだから日数が掛かってしまったのかも。

では次に、帯方郡→投馬国→邪馬台国と至るルートについて考えてみます。この場合、投馬国の候補地は先ほどと同じで次の２ヶ所が有力です。

1　宮崎県西都市の妻地方。
2　御笠川の上流にある太宰府あたり。

邪馬台国はここから南へ〈水行十日、陸行一月〉行ったところにありました。まず1の西都市から見ていきましょう。ここから南へ水行10日すると九州の南端近く。そこからさらに陸行ひと月となると内陸部ですね。つまり邪馬台国は宮崎と鹿児島の県境あたりにあったことになります。たしかにこれでも『狗奴国は女王国の南にあった』と言えなくはありませんが、どうも……」

「ああ、邪馬台国をここまで南に持ってくるのは違和感があるな。伊都国や奴国は地の利を生かして先進物をどんどん輸入していたんだ。彼らを傘下に収めるには、自分たちも中

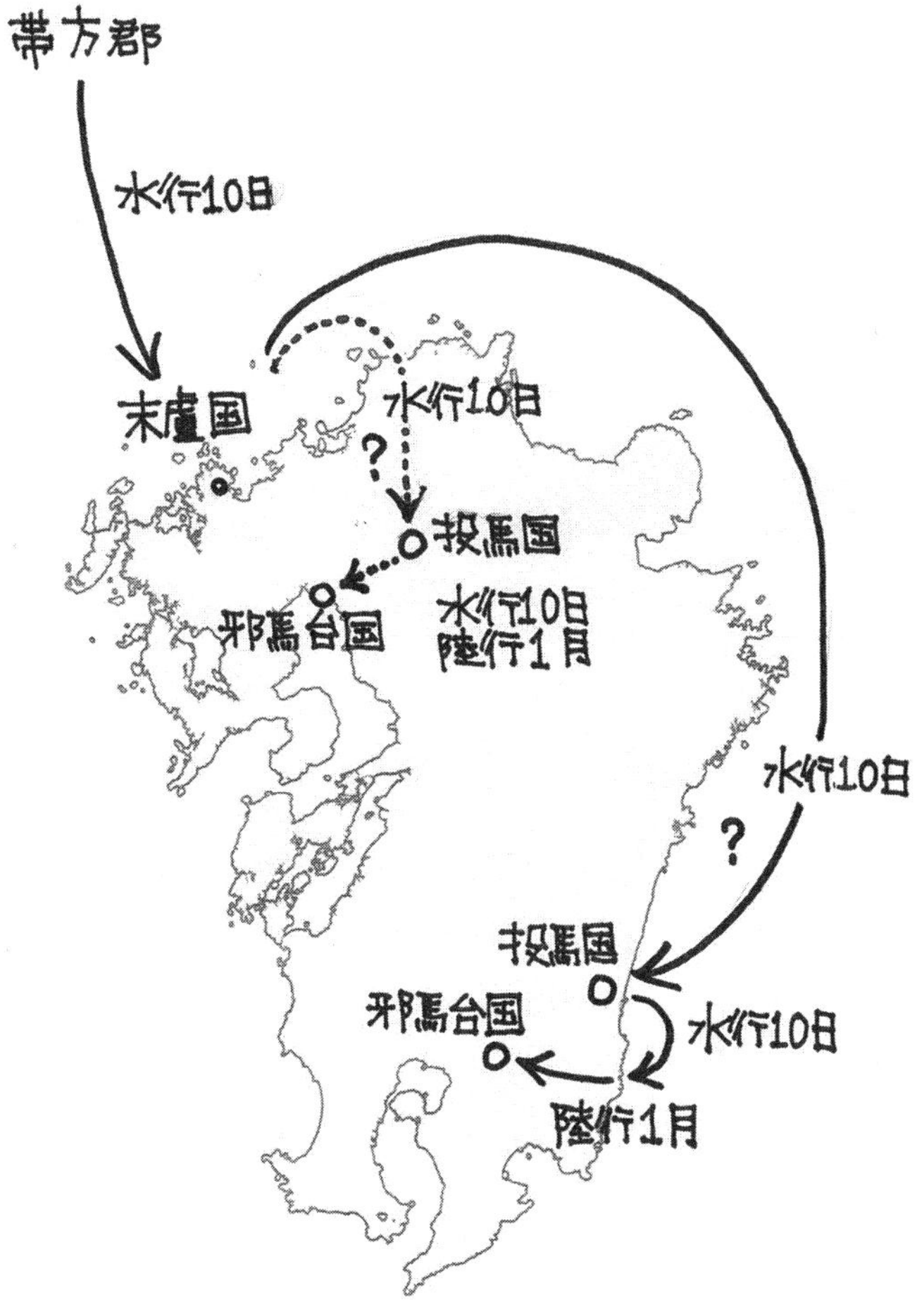

帯方郡
水行10日
末盧国
水行10日
?
投馬国
邪馬台国
水行10日
陸行1月
水行10日
?
投馬国
邪馬台国
水行10日
陸行1月

国や朝鮮にもっと近くないといけなかった気がする」

「そうですね。それでは次に2の投馬国＝太宰府説について考えてみましょうか。これは太宰府に着いたら、そこから歩いて筑後川まで行き、船で川を10日ほど下るイメージです。それで筑紫平野に出ます。陸行のひと月は、太宰府から筑後川までの日数と、筑後川のどこかで船を降りてから、邪馬台国まで歩いた日数の和ということになります。

ここまでご覧になってきて、いかがですか？」

「いちばんしっくりきたのは、帯方郡からの放射説かな。だがこの説にも一つ大きな弱点があるぞ。帯方郡から一度も渡海していないことだ。魏志倭人伝は渡海と水行をきちんと使い分けているんじゃなかったっけ？」

「そうですね。朝鮮から九州へ渡る三度の渡海を〈南至投馬国、水行二十日〉で済ませてしまっている。これをどう説明するか」

「もし正確に記すなら〈あるいは水行し、あるいは渡海し、投馬国に至る。水行二十日〉とでも書くべきところだ。百歩譲って渡海と水行をひっくるめて〈水行〉にしたというなら、〈帯方郡より水行二十日、投馬国に至る〉と書けばわかりやすいじゃないか」

「そうですね。ずっと思っていたんですが、陳寿の筆って簡略すぎるんですよね。ここに限らず」

「うむ。それで思い出したが、簡潔さは中国の修辞学の超重要な概念でな。たとえば『漢書』の中にこんな一文がある。

年老口中無歯（年老いて口中に歯なし）

どう思う？」

「簡潔でわかりやすい文章だと思います」

「ところがこの一文は、簡潔さが足りないと批判された。『老』のなかには『年』という意味が含まれている。『歯』の中には『口中』という意味が含まれている。だから『年』と『口中』は煩字であり、省くことができる。するとこの6字は次のように省略できる。

老無歯（老いて歯なし）

同じ意味のまま3文字にできた。漢文はこちらのほうを美しいとする文章観なんだ。これを節短法という」

「やれやれ。陳寿は節短法にも配慮しなきゃいけなかったってことですか？」

「そうだ」

そりゃわかり難《にく》くもなるはずだよ、とアスカが肩をすくめたところで、われわれは小休止することにした。時計を見ると17時近かった。アスカは珈琲を淹《い》れるためにお湯を沸かした。私はスマホに撮ってあった夢ノートを見せた。

〈台所で妻が声を発する〉

〈3人でバーで順番待ちする〉

〈3人でディズニーランドへ行く〉

3夜連続のクリーンヒットの成果を見ると、アスカは口笛を鳴らした。

「すごいじゃないですか。僕も写メに撮っていいですか」

「ああ」

カシャッとスマホに収めたあと、アスカが言った。

「正直、ここまで連続して明晰夢を見られることって、あまりありません。きっと叔父さんの中で地殻変動が起きてるんでしょうね」

「地殻変動……」とつぶやいたあと、私は言った。「じつは俺、ディズニーって行ったことないんだ。なのにディズニーの夢を見たのは、いつだったか、お前が話題にしたからかな？」

「かもしれませんね。僕が小《ち》っちゃいころ、叔母さんにディズニーへ連れて行ってもらったこと、覚えてますか？」

「もちろん」

あのとき妻は帰って来てからも、しばらく機嫌が良かった。アスカと二人でディズニーへ行けたことが本当に嬉しいらしかった。

「お前はあれからディズニーへ行ったことは？」

「カリフォルニアとパリで一度ずつです」

「そっか。こっちでも行けるといいな。メイさんと」

本当に、とアスカが寂しげに頷いた。こぽこぽ音を立てていた電子ケトルが止まったとき、机上にあった私のスマホが光った。

そして写真が送られてきたのだ。

メイと里見と娘さんが、ディズニーにいる写真が立て続けに。

3人でお城をバックにピースしている写真もあれば、例の大ネズミと一緒に、カチューシャをしてポーズを取っている写真もあった。〈ディズニーなう〉と表題が添えられている。

アスカにも同じものが送られてきたらしく、目を瞠《みは》ってスマホをスクロールしていた。

そしてわれわれは目が合うと同時に、

「共時性！」

と叫んだ。

私がディズニーの夢を見て、その話題が出ていた、まさにその時に、彼女たちがそこを訪れ、この写真を送ってきた。

「〈夜7時ごろに帰ります〉ですって……」

アスカが心ここにあらずといった様子でつぶやいた。私も狐《きつね》に摘《つま》まれたような気持ちだった。フロイトやユングがテレパシーの存在を認めたのは、こんな瞬間だったのではあるまいか。

「だけど、どうして里見さんとメイが一緒に？」

アスカの問いかけに、私も首を捻るほかなかった。

「まあ、連絡先を交換してたんだろうな。あと2時間もすれば帰ってくるんだから、そのときじっくり話を聞こうや。こっちの残りはどうする？　やっちまうか？」

「もちろん」

「じゃあ場所を変えるか。階上《うえ》のバーでどうだ」

「いいですね」

ケトルのお湯はそのまま残し、われわれは最上階へ向かった。

## ⑽

すっかりお馴染《なじ》みとなった店だが、陽が沈みきらないうちに訪れるのは初めてだった。大きな窓からは皇居のお濠ぞいを歩く人びとが点景として見えた。

「それでは最後に、5の『実際にそれだけの日数が掛かったのだ』という説を見ていきましょう。不弥国→投馬国→邪馬台国と至るいちばん素直なルートですね」

アスカがテーブルに資料を広げた。

「これにトータル2ヶ月掛かったと納得するには、現代人の感覚を捨てなければならないようです。そのために、まずはどんな使節団だったか想像してみましょう。

メンバーには大使をはじめ、その部下、通訳、武人、漢方医、陰陽師《おんみょうじ》、祭祀者、水夫、炊夫、雑役などがいました。これだけの人が旅するのだから大荷物です。ざっと思いつくだけでも、2ヶ月分の食糧、鍋や食器や包丁といった料理道具、野営テント、衣装行李《こうり》、武器、道中で物々交換が必要になったときの綿布や金銀。

これに卑弥呼に授ける銅鏡100枚や銅剣や絹などがあったとすると、運搬人夫だけでも大勢必要だったでしょう。道案内する倭人も加えると、一行は少なくとも30～50人、へタしたら100～200人はいたんじゃないでしょうか。

彼らは荷物を積み込み、船団を組んで不弥国を出発します。ここでは御笠川を遡るルートを採用してみましょうか。

まず使節団がぶち当たる問題は、倭国の河川は流れが速いということです。そこが中国の大河と違う点ですね。しかも季節によっては台風や大雨で水嵩《みずかさ》が増します。手漕《てこ》ぎ船ではなかなか前に進まなかったでしょう。ひょっとしたら陸に数十人の人夫を配してロープで曳《ひ》かせたかもしれません。

となると、漕ぎ手や曳き手のために頻繁に休息が必要でした。そのたびに船を繋ぎ、雑役たちが薪《たきぎ》を拾ってきて、湯を沸かし、飯を炊きます。この人数の胃袋を満たすのは数時間仕事だったでしょう。

そのあいだに陰陽師は安全を祈願する祭祀をおこないます。易を立て、『今日はこのまままここに止まれ』と出たら、そのままテントを張って野営となります。疲れの溜まった人夫たちはホッとしたでしょうね。

あの時代の船旅は、風待ちや潮待ちを頻繁に行ったようです。後代の記録になりますが万葉集《まんようしゅう》には〈順風を得ず、経停《とど》まること五箇日なり〉と出てくるそうです。新羅に赴く一行が、風待ちに5日を費やしたという記事です。

15世紀の外交官が記した『西域行程記』にも、〈祭りが畢《おわ》ると安営して二日住《とど》まる〉〈大風により一日住まる〉といった記事が随所に出てきます。雨の日はもちろん1日足止めです。

さらに使節団は二十四節気の祝祭日も守りました。倭の地にいても本国の行事暦を守ることが、中華文明を見せつけることを意味したからです。倭人にとって魏使団は〝文明〟そのもの。ひょっとしたら使節団はパレード気分でわざとゆっくり進んだかもしれません。倭のムラの首長たちには、使節団が近くを通り掛かったら接待するようにと通達が届いていました。招待された魏使たちは衣冠束帯して宴《うたげ》に臨みます。

接待は夕方からスタート。ひょっとしたら明け方まで続いたかもしれません。翌日に返礼の宴を張ってから出発するのも文明国の〝お約束〟。そのための歌舞音曲師たちを同行していたとなると、一行はまた膨れ上がるな。そんなこんなで、1日が潰れてしまいます。

加えてあの時代の中国の役人は、5日ごとに1日『洗沐《せんもく》』という名の休暇を取ることが義務づけられていたそうです。これは出張先でも厳密に守られました。

こんなふうに見てくると、天候、風向き、水嵩、潮流、占い、休息日、食糧の補充、宴などによって、1日の航行距離は想像以上に短かったと思われてきませんか」

「くるね。ところでこのルートだと、投馬国は御笠川の上流にあった太宰府あたりを想定してるんだな」

「そうです」

「御笠川の全長は?」

「24㎞だそうです」

「すると水行20日だから、1日に平均1㎞か……」

「納得しがたい数字ですが、実質の移動に使えたのが半分の10日だったとすれば、どうでしょう。護岸工事もされてない川をロープで引っ張りながらの遡行なら、1日平均2㎞は充分にあり得ます」

「それはそうなんだが……」

アスカは私の不服そうな口ぶりの原因を察してか、

「僕も太宰府に投馬国があったという説には無理があると思ってます」

と言った。

「だから交通の要衝と言われる日田《ひた》盆地に持っていけないかな、と地図を眺めていたんですよ」

「なるほど。日田なら御笠川のお隣の遠賀川から遡れるしな」

「ええ。しかも遠賀川は全長61㎞あるから水行20日にぴったりかなと……。だけど源流は日田市まで届いていないんです。投馬国への行程に陸行がない以上、このルートは採用できませんでした」

「そうか。まあ、とりあえずいまのルートに従って話を進めよう。こうして投馬国に着いた一行は、そこから〈水行十日、陸行一月〉かけて邪馬台国へ向かうわけだな」

「はい。まずは筑後川まで徒歩で向かうのですが、このとき大使は輿《こし》に乗ったはずです。古代の道を輿で移動するとなると、牛のような歩みだったでしょうね。時には大使も輿を降りて山を越えたことでしょう。輿をかつぐ人夫の休憩も頻繁に必要でした。たぶん交替制だったのでしょうが。

こうして筑後川の係留所に着いた一行は、ふたたび荷物を船に積み込んで、いざ出発。川下りは楽だったでしょう。筑後川の沿岸は穀倉地帯でクニも多かったから、倭の首長たちと夜ごと宴会だったかもしれません。雨宿りをしたりしながら、10日かけて水行したあと、どこかに船をつけて荷物をおろします。そしてまた輿に乗って邪馬台国に到着です」

私はハンディタイプの九州地図を眺めながら、「陸行ひと月というのが、どうにも腑《ふ》に落ちんのだよな」と言った。「筑紫平野の移動なら1日の距離も稼げたはずだから、平野の隅々まで行っても、ひと月はかかるまい」

「ひと月には、御笠川から筑後川までの陸行も含まれます」

「それにしてもだな……」

「おっしゃりたいことはわかります。だけど僕にも確たることは言えません。邪馬台国が山奥にあったからそんなに日数が掛かったのか。それとも〈陸行一月〉は駢儷文の音韻をあわせるための修辞に過ぎなかったのか。あるいは〈陸行一日〉の写し間違えだったのか。そこは議論しても埒《らち》が明かないでしょう。ともかく不弥国→投馬国→邪馬台国というルートで行くなら、この日数は受け入れるしかありません」

「いまは太宰府を投馬国に比定しているが、ほかのプランは？」

「それについてはこれをご覧ください。九州の主な平野を示したものです。魏志倭人伝によれば投馬国には5万戸ありました。邪馬台国は7万戸です。それだけの戸数を収納できたのは大平野でしょう」

「奴国のあった福岡平野で2万戸だったな」

「ええ」

私は奴国のあった福岡平野の広さを目測した。そこと比較すれば、筑紫平野は7万戸を吸収するに充分な広さがありそうだった。そのことをアスカに告げると、

「僕もそう思います。すると残るは投馬国を収納できるスペースですよね」

「5万戸を収納できそうな平野といえば……」

「やはり宮崎平野でしょう。投馬国の有力候補とされている西都市の妻地方です」

「だがあそこが投馬国だったとすると、邪馬台国が南になり過ぎるんだったな。帯方郡放射説以外では」

「はい」

私は溜息をつき、うまくいかんもんだな、とつぶやいた。魏志倭人伝を解明しようと挑んだ人たち全てが幾度となく漏らしてきたつぶやきだ。

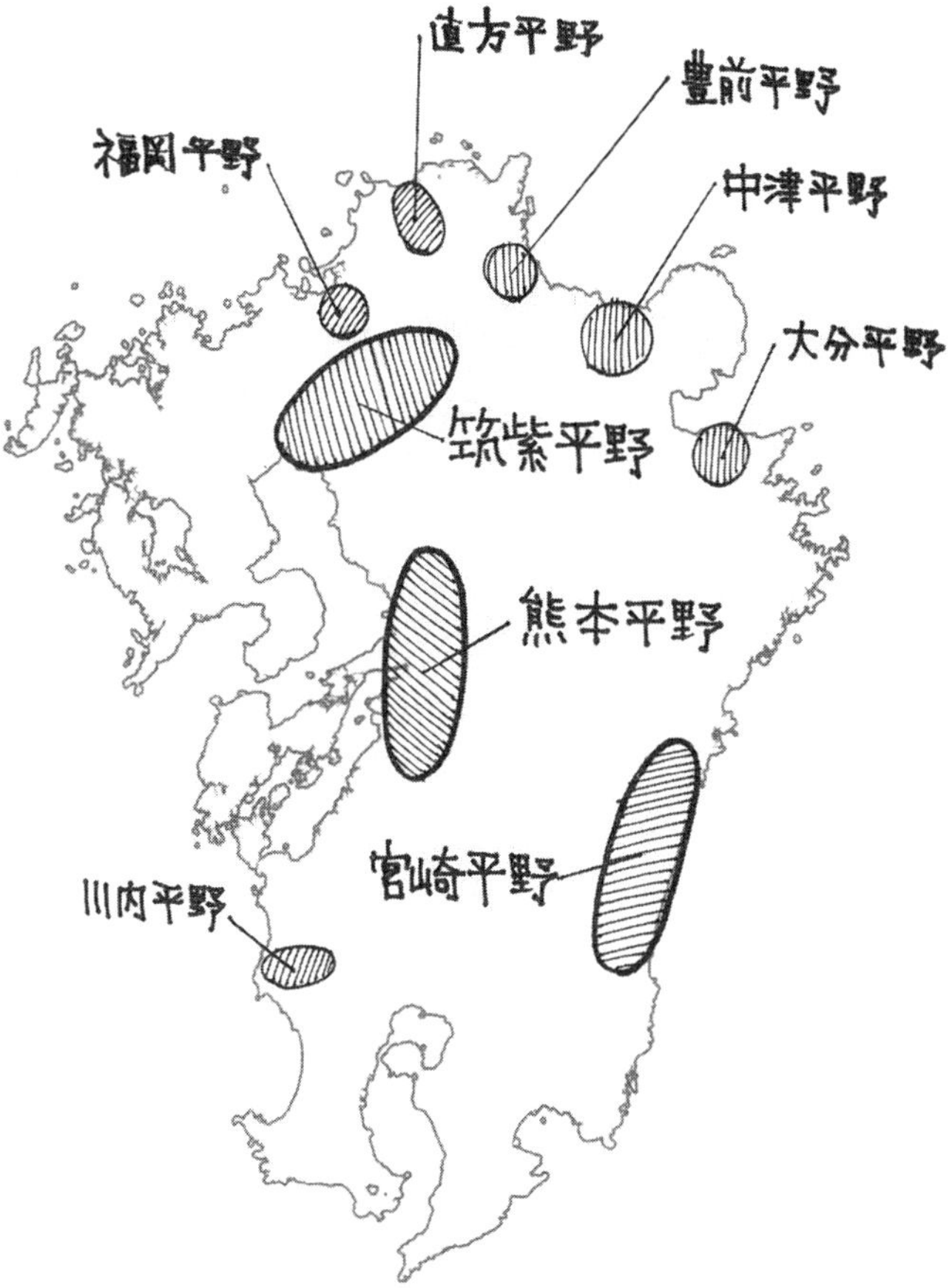
直方平野
豊前平野
福岡平野
中津平野
大分平野
筑紫平野
熊本平野
宮崎平野
川内平野

外が暗くなり始め、お濠端を歩く人たちの姿も黒く塗りつぶされていた。女たち3人は、いまごろ夢の国でラストスパート中だろうか。

「すこし視点を変えてみましょうか」

とアスカが言った。

「もし投馬国が宮崎平野にあったとすると、不弥国から九州の東岸をつたって水行したことになります。途中には直方《のおがた》平野や、豊前《ぶぜん》平野や、中津《なかつ》平野や、大分《おおいた》平野などがありました。ここにもクニがあったはずなのに、その記述が1行もないのは何故《なぜ》でしょう？」

「それが『遠すぎて詳しく記載できなかった21の傍国』かもしれんぞ」

「21ヶ国については『遠すぎて記せない』とすっ飛ばしたのに、さらに南にある投馬国については『5万戸あるらしい』と伝聞を報告したってことですか？」

「そうだ。魏使たちも5万戸ある大国の情報は放っておけなかったんだろう。

これはそもそも論になるが、投馬国が不弥国から邪馬台国までのルート上にあったなら、魏使たちも投馬国を目にしたから、レポートが存在したはずだ。ところが魏志倭人伝に、投馬国の描写はゼロ。つまり歴代の魏使たちは誰も投馬国を訪れなかった可能性がある。その場合、投馬国は不弥国から邪馬台国までのルート上になかったことになる。これは、投馬国＝宮崎平野説や、帯方郡放射説にとって心強い傍証になると思うが、どうだ」

「そうですね。だけど邪馬台国は本当に宮崎平野まで支配下に置いていたんでしょうか。

ちょっと版図が広すぎやしませんか」

「それはなんとも言えんな。卑弥呼は伊都国に〝特に〟一大率を置いた。北部九州の国々はそれを恐れていた。いわば恐怖政治だ。だが仮に宮崎平野も支配下に収めていたとしても、そこには一大率を置かなかった。あるいは置けなかったか、置く必要を認めなかった」

「つまり卑弥呼が宮崎平野を直接支配していなかった可能性は残るわけですね」

「ああ、可能性はな。友好国とか、朝貢を受け入れる程度の関係だったのかもしれん。地政学で言うところのオフショア・バランシングだ。離れたところから支配する」

「すると九州も中国と同じように三国志だった可能性はありますね。

福岡平野と筑紫平野をおさえていた邪馬台国。

菊池平野と八代《やつしろ》平野を含む熊本平野をおさえていた狗奴国。

宮崎平野の投馬国」

「共時性か」私はニヤリとした。

「ええ。さらに想像を逞《たくま》しくすれば、邪馬台国と投馬国が結んで、強勢な狗奴国に当たっていたのかもしれません。呉と蜀が結んで、魏と戦った赤壁の戦いのように。これは投馬国が宮崎平野になかったとしても同じです。邪馬台国にとっても、狗奴国にとっても、宮崎平野の勢力は同盟を結びたい一大勢力だった」

「ふむ。九州版三国志か。たしかに大平野に注目するとそんな構図も見えてくるな」

「それでは最後に、もういちど畿内説を見てみましょう」

「なんで？」

私は素っ頓狂な声を出してしまった。

「九州で決まりじゃなかったのか？」

「たしかに魏志倭人伝を読み、古代の平野スペースを考える限り、邪馬台国が筑紫平野のどこかにあった可能性は高いと思います。だけど僕はある一点で、この夢解釈を受け入れ難く感じているんですよ」

「それが〝最後に残る巨大な謎〟ってやつか？」

「ええ」

「その謎とは？」

私は固唾《かたず》を呑んでアスカの答えを待った。

「ヤマトです。北部九州を支配していた邪馬台と、ほぼ同時代に纏向を支配していた大和が、同じ〝ヤマト〟という音を持つことを、偶然の一致で片付けてしまっていいのでしょうか」

「……そこか」

「魏志倭人伝を素直に読めば、邪馬台国は九州にあったと認めざるを得ません。けれどもほぼ同時代に畿内にも〝ヤマト〟があった。しかもそちらの方の大和は、鎌倉時代が始まるまで900年にわたって日本の支配者でした。『邪馬台国の邪馬台とは大和のことだ』と言いたくなる気持ちもわかりますよ。だって日本史最大のミステリーの答えが『偶然二つのヤマトが並立していたから』では誰も納得しないでしょう？　纒向遺跡や箸墓古墳の測定結果に疑念があると言っても、それが正確である可能性だってあるんですから」

「じゃあ、その問題にどうアプローチする？」

「もちろんこの問題に考えを巡らせた先人はたくさんいました。まずは江戸時代の国学者、本居宣長《もとおりのりなが》です。宣長は思いました。『邪馬台とはのちの大和朝廷のことに違いない。しかし魏志倭人伝を読む限り、邪馬台国は九州にあったっぽいな』と。そこでその矛盾を埋めるべくストーリーを考えた。すなわち、『魏に朝貢していた九州の邪馬台国とは、熊襲の長《おさ》か何かが、大和の真正ヤマト朝廷を騙《かた》ったものだ』というものです」

「たしかそんな説だったな」

「なんの傍証もない荒唐無稽なストーリーと言わざるを得ませんが、宣長はある意味で誠実だったとは思います。魏志倭人伝から導き出される『九州説有利』をなんとか引っ繰り返そうと仮説を立てたわけですから」

「なるほどな。昔から『宣長ほどの人が、なんて無茶な仮説を立てたんだろう』と思ってきたが、二つのヤマト問題に頭を悩ませたあげくの苦肉の策だったと言われれば、確かにそうかもしれない」

「逆に九州説の人が、二つのヤマト問題に説明をつけようとして考案したのが、邪馬台国東遷説ですね」

「そうか。あれも二つのヤマト問題解決のための仮説だったのか」

「少なくともその一面はあると思います。東遷説というのは、九州にあった邪馬台国が、卑弥呼の死後、どこかの時点で大和へ遷《うつ》ったというものですね。東遷説には張政の首謀説もありました。こんな説です。

『帯方郡から派遣された軍事顧問の張政は、倭に19年間も滞在していた可能性がある。そのあいだに彼は〝中国では遷都はよくあることだ〟と台与に入れ知恵して東遷させた』

なかなか面白いストーリーですが、台与の邪馬台国が東遷したという証拠は、文献上どこにもありません。ただし宣長説よりはありそうな話です。北部九州は先進地帯だったし、天皇家は九州から来たという伝承がありますから」

「だけど天皇家の故郷は日向、つまり宮崎県だ」

「はい。そこでこの東遷説も暗礁に乗り上げてしまいます。だけど二つのヤマトが偶然の賜物《たまもの》ではなかったとする以上、北部九州と大和に何らかの連絡をつけなきゃいけないことは確かです」

「で、ついたのか?」

「残念ながら」

アスカは悔しさを滲ませながら首を振った。どうやらここで刀折れ矢尽きたらしかった。

アスカが頑《かたく》なに〝中間〟発表という言葉にこだわった意味がようやくわかった。

「ご苦労さん。面白かったよ」

私はアスカの粉骨砕身ぶりを心から労《ねぎら》いたかった。短期間のうちによくぞここまで迫ったものだ。しかし今回は相手が悪かったと言うほかない。

「ここからは感想戦だ。飲みながらやるか?」

「ええ。そうしましょう」

二人ともジントニックを頼み、熱くなった頭をクールダウンした。

「念のため訊くけど、お前は九州陣営にカウントしていいんだな?」

「はい。邪馬台国は95%九州にあったと思います。そして90%は筑紫平野のどこかに。仮に纏向遺跡が当時最大のクニだったとしても、九州の邪馬台国との並立は成立します。国力は纏向のヤマトの方が上だったかもしれませんが、魏と交流していたのは九州のヤマトである、と」

「日数や行程の件については、どれが正解だと思っているんだ?」

「これはオフレコですが、不弥国からの放射説はどうかな、と思ってるんです」

「ほう、新説だな」

「平野スペースを考える限り、投馬国が宮崎県にあった可能性は高い。しかし邪馬台国が筑紫平野にあったとすると、投馬国を通って行くのは方角違いになってしまう。この問題にカタをつけるのが不弥国からの放射説です。

　不弥国の中心地は内陸にあったが、河口の港も不弥国の領土だった。そしてこの港は、玄界灘に面した6ヶ国の最後の船着場でもあった。だから投馬国や邪馬台国をめざす船乗りたちは必ずここに立ち寄り、物資を積み込んだり、天候待ちをしたりした。宮崎にあった投馬国へ向かう者は、ここから海岸をつたって南下する。筑紫平野にあった邪馬台国へ向かう者は、ここから川を遡行する。

　江戸時代の参勤交代の記録に、こんなものがあるそうです。『九州の殿様が江戸から九州東岸をつたって領地へ帰るとき、風待ちや潮待ちで港に10日ほど滞留することは珍しくなかった』。つまり不弥国から投馬国まで水行20日というのは、古代における通常運転だったんですよ」

「ふむ」

　私はグラスを傾けた。不弥国からの放射説というのは初耳だが、すっきり説明がつくという点では魅力的だった。

「ちなみに邪馬台国が筑紫平野のどこかにあったとしたら、どこらへんだと思う？」

「さあ、それは今後の発掘成果次第ですね。ネットで調べた限りでは、平塚川添遺跡《ひらつかかわぞえ》か、藤《ふじ》の尾垣添《おかきぞえ》遺跡が有力候補じゃないでしょうか。平塚川には何重にも環壕《かんごう》が張り巡らされていたと言うし、近くに巨大集落跡が眠っているかもしれないとありました。いかにも卑弥呼の居城にふさわしい感じがします。

藤の尾垣添遺跡は、九州説の本命である旧山門――現みやま市――にあります。九州新幹線の建設に伴い発掘されたそうですね。まだ詳細は不明ですが、一大集落があった可能性は高いそうです。

僕、思ったんですけど、邪馬台国が九州人のアイデンティティと言うなら、こうした候補地をがんがん掘ればいいじゃないですか」

「資金がないんだよ。遺跡は狙って掘るものじゃない。道路や住宅の開発で見つかることが断然多いんだ。佐賀の吉野ヶ里《よしのり》遺跡だって、工業団地の開発で見つかった」

「それじゃクラウドファンディングは？　九州説の支持者は応じるでしょう」

「その手があったか」

「僕も九州陣営の端くれとして、貧者の一灯を捧げますよ」

「ともかくも、発表、面白かったよ。お疲れさま」

私たちはあらためてグラスを鳴らした。

「だけどこんな尻切れトンボの謎解きじゃ本は書けませんよね。すみませんでした。大きなことを言ってしまって」

「いやいや、そんなことないぞ。いくつも卓見を頂いたし、俺のほうでもお前に講義する過程で新たな発見があった。人に教えることって自分の勉強にもなるんだな」

こんな調子なら大学で学生さんたちに教えるのも楽しいかもしれない——そう思ったとき、私は胸中であっと小さく叫んだ。ひょっとしたらアスカは私に教員の面白さを教えるために交換講義を志願してくれたのかもしれなかった。いまだ精神のリハビリ中にある私がせっかくのセカンドキャリアの話を逃してしまわないように。考え過ぎかもしれないが、アスカの千里眼ならあり得ない話ではない。

アスカがちらりと時計を見た。

そろそろメイたちが帰ってきてもおかしくない時刻だった。酒をお代わりするためにフロアへ目をやったとき、満足げな表情を浮かべた3人がバーの入り口に姿を現した。メイと里見の娘さんは、写真にあったカチューシャをしたままだった。二人は仲の良い姉妹みたいに腕を組んでこちらに向かってきた。余ったほうの腕には、夢の国の大きな土産袋がぶら下がっている。

里見は店先でスーツケースを預けてからやって来た。

「泊まりがけで行ってたんだ？」

「はい」

いつぞやの宣言どおり、有給休暇を使って、年間パスポートの元を取りに行ったのだそうだ。

「メイさんはずっと里見のうちに泊まってたの？」

「そうです」

「人が悪いなぁ。教えてくれよ」

「口が堅いんですよ、女の駆け込み寺は。ふふふ」

里見によれば銀ブラに出かけた晩、メイと意気投合していろいろ語り合ったのだそうだ。アスカが自分に対してよりも、ベビーを授かることに気持ちが行っていること。安定期に入る前に、アスカがフェイスブックで妊娠を公表してしまい、そのあと流産したこと。そうしたことにも、メイは傷ついていたのだった。それで家出したはいいものの、途方に暮れてしまい、里見に連絡を入れてきたとのことだった。

照れ隠しだろうか、メイはネズミの耳をつけたままアスカの前に立った。アスカは何も言わず彼女を抱きしめた。

「まあ、なんにせよ良かった。これで一件落着だ」

隣のテーブルをくっつけてもらい、ようやくカチューシャを外した3人と乾杯した。アスカとメイの仲直りの乾杯だ。そう、喧嘩をしたなら、仲直りすればいい。

里見の娘さんが「メイさんにはずっと英語を教わってました」と言った。母親ゆずりで目が大きく、ハキハキ喋る子だった。

「ところで邪馬台国は見つかったんですか」

里見に訊かれ、私は「おおむねな」と答えた。アスカが「だけどまだ一つ解決できないことがあって」と言い、このやり取りをメイに翻訳した。

それを聞き終えたメイが何か言った。

アスカが何かたずね返し、またメイが何か答えた。

するとアスカが叫んだ。「そうか！」と。

「僕としたことが、すっかり忘れてました！　叔父さん、いまから一緒に部屋へ降りてきてもらうことはできますか」

「できるけど、どうしたんだ急に」

「叔父さんはメンデレーエフが元素の周期表を発見した場所をご存知ですか？」

「筋金入りの文系だと言っただろ」

「夢の中です。全元素が整然と並んだ表が夢に出てきたんです。では人類史上、もっともカバーされた名曲は？」

「なんだろう……」

すこし考えれば当てられる気がしたが、すぐに時間切れとなった。

「『イエスタデイ』です。ポール・マッカトニーが夢の中でメロディを思いついたものです」

「それは聞いたことがあるな」

「これらだけじゃありません。ミシンの発明も、『フランケンシュタイン』の執筆も、すべて夢の中でヒントが生まれました。フランスには『問題をベッドまで持っていく』という言い回しがありますが、アインシュタインやダリも問題をベッドまで持っていき、寝ているあいだに問題を解決しました。これを方法論にまで高めたのがトーマス・エジソンです」

「なんだか真打ち登場って感じの名前が出てきたな」

「エジソンは夢を発明に活かすために、エジソン・チェアを発明しました。無意識は意識の100倍も賢いことを利用する装置です。いまからそれをお見せしますよ。夢の中へ邪馬台国を見つけに行きましょう」

アスカはウェイターを呼び、

「すみません、お皿とスプーンを二つずつお借りできますか」

とルームカードを見せながら言った。

「ちょっと部屋で使いたいんです」

ウェイターはすこし不思議そうな顔をしたが、「承知いたしました」と言って、よく磨かれた銀のスプーンと白い皿を二つずつ持ってきてくれた。

「こちらでよろしいですか？」

「ええ、ありがとうございます。それじゃ叔父さん、行きましょうか」

腹が減っているという3人には、何か食べながら待っていてもらうことにした。

部屋に戻ると、アスカは広いスペースへ椅子を引っ張り出し、両方の肘かけの下に皿を置いた。そしてそこに腰かけて言った。

「これがエジソン・チェアです。エジソンは発明に行き詰まるとこの椅子に座り、夢の中で問題を解決しようとしました。やり方はカンタン。解決したい問題に狙いを定めたら、両手にスプーンを持ち、ここに座って、眠気が襲ってくるのを待ちます。そして首尾よくウトウトし始めたら、やがて手からスプーンが落ちて音を立てます。そこでハッと目覚めると、あら不思議、問題解決のヒントが見つかっているんです」

「そんなにうまくいくのか？」

「いきます。これは睡眠中の〝弱い連想〟を創造に活かすための装置です。僕も今から〝夢活〟に入りますので、叔父さんもベッドで横になって待っていて下さい。気配を消して欲しいんです。20分も掛からないと思います」

「わかった」

私は靴をぬぎ、ベッドに横になった。アスカを見ると、いまの説明どおり、両手にスプーンを持ち、椅子に座って目を瞑《つむ》っていた。私も邪魔にならぬよう、目を瞑った。

アスカの規則正しい呼吸音だけが聞こえてきた。

それを聴いていたら、私の方が先に眠くなってきた。酒のせいもあるだろう。どれくらい経《た》った頃か、

カチン。


という音で目が覚めた。

スプーンが皿に落ちていた。

アスカも目を開けて、微睡から覚めつつあった。時計を見ると15分ほど経っていた。

「……叔母さんが夢に出てきました」

アスカがつぶやくように言った。

「なんだって⁉」

思わず声をあげたのは、ほんの短いあいだに、私も妻の夢を見ていたからだ。こんな共時性ってあるだろうか。

「どんな夢だったんだ？」

「テーマパークのようなところで、叔母さんに手を引かれている夢です」

「ディズニーか？」

「かもしれません。叔母さんは大きな耳飾りをしていました」

「そんなの持ってたかな」と私は首を傾げた。

「夢の中の話ですよ」

「わかってるけど……」

「なんで叔母さんが出てきたんだろう？」

アスカは栗色の豊かな頭髪の中へ、指を掻《か》き入れた。思考の邪魔をせぬよう、私は自分も妻の夢を見たことは黙っておくことにした。

「だめだ。視えない」

アスカが髪をぐしゃっと摑《つか》んだ。

「二つのヤマト問題を解決するために座ったのに、なぜ耳飾りをした叔母さんとディズニーなんだ？」

「たまにはそんなこともあるんじゃないか」私は慰めるように言った。「全然関係ない夢を見てしまうっていうことも」

「ありません」

アスカはきっぱりと答えた。

「これまで何百回とエジソン・チェアを試してきましたが、結果はいつも3パターンでした。ヒントや答えが見つかるか。あまりにも直接的すぎて役に立たない夢を見るか。まったく夢を見ないか。この三つです。なんの関係もない夢を見たことは一度もないんです。少なくともこの5年間はね」

「そうか……」

私が見た夢では、妻は白い服を着ていた。

そしてどこか冷たい雰囲気で私に言い放った。

「まだわからないの?」と。

私はこのひと言で気がついた。

この妻は卑弥呼だと。

あるいはこの卑弥呼は妻だと。

そこで夢から覚めたのだ。

「とりあえず店に戻りましょうか」アスカが椅子から立ち上がった。「あまり待たせるのも悪いですから」

われわれは部屋を出て、エレベーターに乗った。

「それにしても、このところディズニーづいてるよな俺たち。やっぱりあれが夢のキーを握ってるのかな」

「そうとは限りません。夢にも舞台が必要だからぜんぜん関係なく選ばれた可能性もあります」

「じゃあ、ディズニーはブラフってこと？」

「いや、ブラフとも違うんですよね。じつは夢の作業が、なんらかの意味と1対1で対応していることってほとんどないんです。『迷ってるから迷路の夢を見た』みたいなやつはね。夢はそんなにスッキリしてなくて、もっといろんなものを掬《すく》って、ごった煮にしちゃうんですよ。たとえて言うなら、カニ狙いで網を仕掛けたのに、いろんな魚が勝手に掛かっちゃうイメージに近いかな。だから夢解釈はいつでも暫定解しか出せないんです。そこは魏志倭人伝と同じです」

　店へ戻ると、遠目にも彼女たちのテーブル上の空き皿が目についた。どうやら盛大に、料理を平らげていたらしい。里見の娘さんがまたカチューシャをはめているのが見えて、微笑ましい気持ちになった。

　アスカはウェイターに礼を言って、スプーンと皿を返した。そして新たな飲み物を注文してから席に戻った。

「どうでしたか、成果は」と里見が言った。

「いやあ、また新たな謎が出てきたよ」と私は頭を掻いた。

「そうですか。どんげかせんといかんですね」

　里見の娘さんがホテルの部屋を見てみたいと言い出し、メイが即座に「ＯＫ！」と請け合った。二人はウサギのように飛び跳ねながら仲良く出ていった。

「まるでほんとの姉妹みたいだな」

「ええ、別れ難いです」

里見が寂しそうにつぶやいた。里見家にとってメイの滞在は、ちょっとしたショートステイみたいなものだったのだろう。

「ところで以前も耳にしたんですが」とアスカが言った。「里見さんの『どんげかせんといかん』というのはどこの言葉ですか？」

「あら、ごめんなさい。つい出ちゃって。宮崎です。数年前に当時の県知事が『どげんかせんといかん』と言って流行らせましたが、わたしの家のあたりでは『どんげか』って言うんですよ」

「そうでしたか。宮崎といえば天皇家のふるさとですね」

「よくご存知で」

「俺たちにはホットな話題だもんな」と私は茶々を入れた。

「高宮さんには話したことがあると思うけど、わたしの地元って天皇家とめっちゃ所縁《ゆかり》が深いんですよ。神武さんが東征に出発した土地って伝承が残ってるくらいだから」

「本当ですか⁉」とアスカが目を丸くした。

「本当ですとも。まあ基本のんびりした土地なんで、うちのカツ婆さんなんかはよく『気の利いた人は、あのときみ～んな神武さんに付いて行っちゃったからね』と言ってました」

　私たちが声をあげて笑うと、里見の目が輝きを増した。ウケると燃えるタイプなのだ。

「神武さんが出航した日を記念した『おきよ祭り』っていうお祭りもあるんですよ」

「どんなお祭りですか、それ？」

「神武さんはうちの土地でたくさん船を作って、東征に出発する日を決めていたんですって。ところがある日の明け方、とっても天気の良さそうな日があって、神武さんは急遽《きゅうきょ》その日に出航することを決めた。そこでみんなを『起きよ、起きよ』と起こしてまわった。これが旧暦の8月1日。だからいまもこの日に『おきよ祭り』をするんです」

「なんだかリアリティのある伝承ですね」

「でも子供の頃は堪《たま》ったもんじゃなかったですよ、朝早く叩き起こされて。『神武さん、なんでお昼ごろ出発してくれなかったんだろう』って、祭りのたびに恨《うら》めしく思っていました」

「ははは。古代は日の出から日没までがコアタイムだから仕方ないですね。ほかにも何か伝承が残ってますか」

「そうだなぁ。神武さんが腰かけたっていう岩が残ってたな」

「へーぇ」

「あとは地名かな。神武さんは船作りが忙しすぎて、服が綻びても立ったままで縫わせたんですって。だから『立縫《たちぬい》』って地名が残ってます」

「ふ〜ん、ほんとに縁が深いんだな。宮崎のなんて土地ですか」

「美々津《みみつ》です」

「みみつ……」

アスカが口に運びかけたグラスを止めた。

「耳川って川の河口にある、港町です」

「みみかわ……」

アスカの眉間のしわが深くなった。私はその変化に気づいていたが、里見はまだ腹に余裕があるらしく、冷めたマッシュポテトを自分の皿に移しながら、気軽に地元話を続けた。

「いまでも地元の漁師さんたちは、神武ご一行が通り抜けて行った岩と岩のあいだは通りません。『あそこを抜けて行った船は二度と戻って来なかったから』って」

「なんてことだ……」

アスカが自分の髪を掻きむしった。

「……そういうことだったのか。叔父さん、視えました」

「なにがだ?」

「先ほどの夢の意味がです。叔母さんは僕らに『宮崎に注目せよ』と教えてくれていたんですよ。耳飾りをつけて登場することでね。あれは『二つのヤマト問題を解きたかったら、妻《ツマ》＝投馬《ツマ》＝宮崎に注目せよ』という合図《サイン》だったんです」

アスカの言っていることが、すぐには呑み込めなかった。

耳飾りと投馬国に、なんの関係があるというのだ？

「叔父さんが叔母さんを『妻』と呼ぶのが、ちょっと新鮮だと言ったこと、覚えてますか」

「ああ、覚えてる」

「それが僕の無意識に刺さっていた第1のトゲです。

第2のトゲは、叔父さんから講義で聞いた宮崎県の『妻地方』という地名です。あれを初めて聞いたとき、変わった地名だなって不思議な感じがしたんですよ。

僕の無意識は、この二つの『ツマ』を結びつけました。弱い連想を働かせてね。そして『妻＝投馬＝叔母さん』に圧縮したんです。このとき叔母さんに耳飾りを付与したのはエジソン・チェアの大手柄でした」

アスカは興奮を示しつつ続けた。

「第3のトゲは、投馬国の記事です。長官の名前は彌彌《みみ》。副官は彌彌那利《みみなり》。

ん？　なんかほかの国と違う独特なネーミングだなって思ってました。

そしていま里見さんの『美々津』のお話をうかがって、すべてが繋がりました。二つのヤマト問題を解決したかったら、『つま』と『みみ』の国である宮崎地方に注目しろって暗示だったんですよ」

「それが『耳飾りをした妻』の意味か」

「そうです」

「でもどうして、宮崎に注目することで二つのヤマト問題が解決するんだ？」

「その前にすみません、里見さん。こちらの世界の話ばかりしてしまって」

「いえいえ。故郷《おくに》の話題が出てきて嬉しいで〜す。続けて続けて」

「それではお言葉に甘えて」

「うふ。アスカくんに甘えられるなんて幸せ」

アスカが軽く頰を染めた。そこは照れなくていいところな気がする。

「広大な宮崎平野を支配していたのが、妻地方の投馬《ツマ》国だったとしましょう。5万余戸の大国です。日向と畿内は古くから交流が深かったそうですね」

「ああ。宮崎からは大和地方の土器がよく出てくるし、前方後円墳も多い。それにこれは後代の話になるが、日向の豪族の諸県君《もろかたのきみ》は、天皇の妃を輩出している。大和朝廷からこんな優遇を受けた地方豪族は珍しい。やはり天皇家の故郷だからだろう」

「つまり日向は大昔から、畿内と交流しやすい地政学的な条件を備えていたんですね」

「そうだ。九州の海は潮流や地形のせいで難所が多い。だから宮崎は北や西の九州と交流するより、畿内と交易するほうが楽だった一面がある。瀬戸内海は地中海のように穏やかな海だからな」

「神武もそこに目をつけたと思うんですよね。

記紀は神武の東征の理由を、

『東方にいい土地があると聞いたからだ』

と記していますが、もちろんそんなぼんやりした動機で東征するはずがない。これは明らかに何かを隠蔽しています。もっと切実な理由があったのでしょう。たとえば狗奴国の攻勢に耐えかねて、仕方なく故郷を捨てて主力部隊が東征したとか。

それなら世界史的に見ても理に叶《かな》っています。ゲルマン民族の大移動はフン族に押し出された結果です。神武の東征も『九州にいたら滅ぼされてしまうかもしれない』という恐怖がエンジンになっていた可能性はありますね」

「それはあり得る。さっき、九州三国志の話になっただろう？」

「北の邪馬台国連合と、西の狗奴国と、東の宮崎勢力でしたね」

「これは戦国時代にも似たような図式が登場する。大友《おおとも》、島津《しまづ》、龍造寺《りゅうぞうじ》の3家だ。ざっくり言えば、龍造寺が邪馬台国に重なり、島津が狗奴国に重なり、大友が投馬国に重なる。彼らは互いに潰し合っているうちに、畿内に秀吉の統一政権ができてやられてしまった。これと同じことが古代にも起きた可能性がある。つまり邪馬台国と狗奴国と宮崎勢力で喧

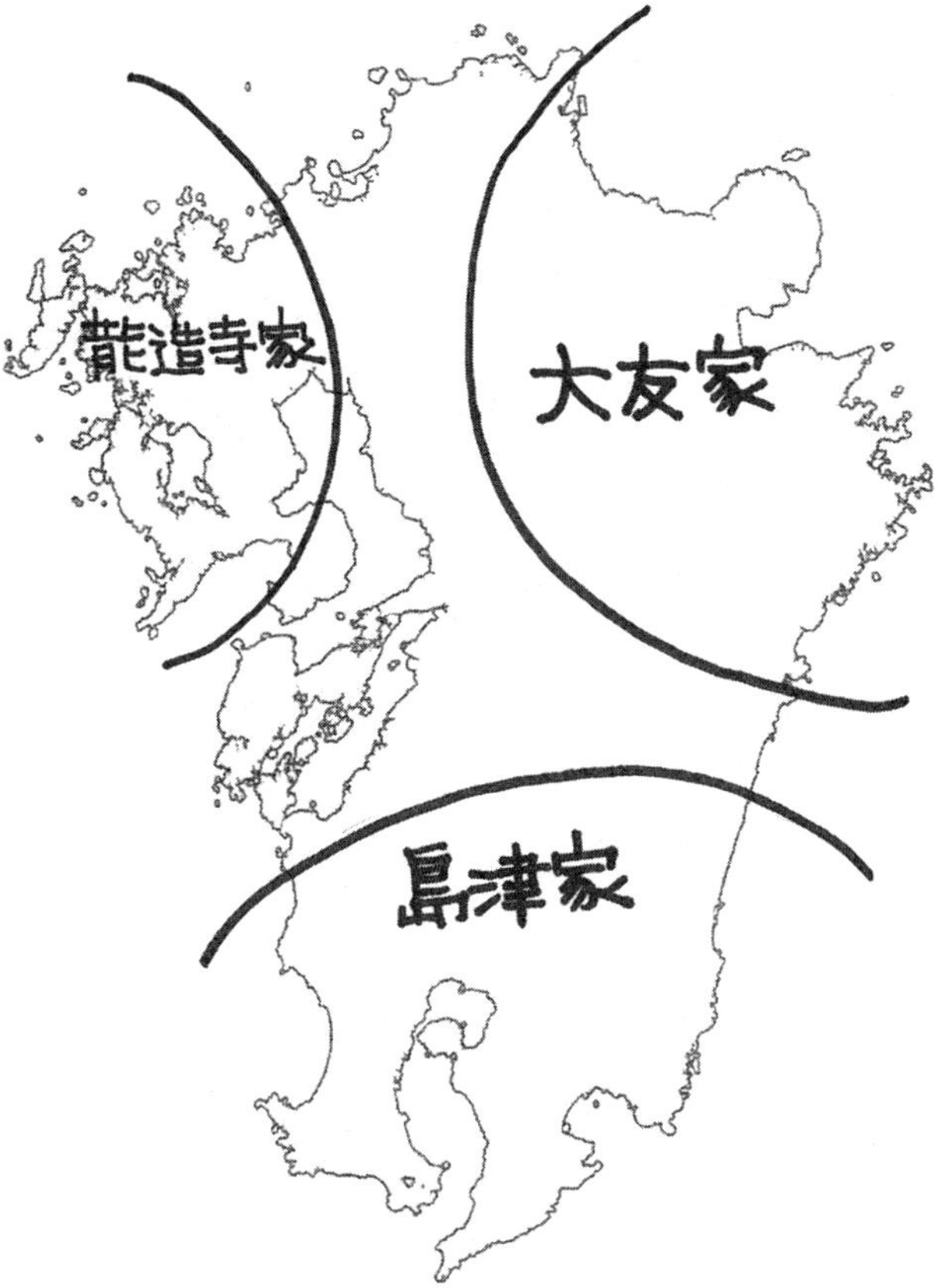
龍造寺家
大友家
島津家

嘩しているうちに、強大になった畿内政権にやられてしまうというパターンだ」

「僕が言いたかったのも、それとリンクしています。つまり神武が東征して畿内を制圧するには、有利なタイミングがあったと思うんですよね」

「そうだな。邪馬台国の時代は、九州が畿内に対して優位に立てた、古代最後の時代だったとも言える。

そもそも九州全体の石高《こくだか》は低くないんだ。けれども山脈によって大平野が区切られているから、日本を制覇できるような統一政権が生まれにくい。それでも畿内だけが相手なら、九州の一地方政権でも五分に渡り合えただろう。しかし山陰や山陽や四国まで傘下に加えた畿内勢力には絶対に勝てない。逆に言えば、九州に統一政権ができていたら、大和朝廷や秀吉にも勝てただろう。

……あれ？　なんで俺たちは神武の東征の話をしていたんだっけ？」

「本題に戻りましょう。叔父さん、僕はいま猛烈に驚いているんです。僕らのこの3週間が『つま』と『みみ』を巡る物語だったことにね。叔父さんが叔母さんの夢に囚《とら》われていたことも、メイが失踪したことも、里見さんと出会ったことも、すべてに意味はあったんです。おそるべき共時性《シンクロ》です。

まずは『みみ』の物語から見ていきましょう。

宮崎には耳川があり、その河口には神武が東征の出発地に選んだ美々津という港があった。そして神武の子供には、手研耳《たぎしみみ》や神八井耳《かんやいみみ》がいました」

私はアスカの驚異的な記憶力に驚いた。記紀を二、三度読んだくらいでは見過ごしてしまう箇所だ。

「そして投馬国のナンバー1と2の名前は、ミミとミミナリ。ここから二つのことがわかります。一つは、日向では古くから『みみ』という音が高貴なものをあらわしていたこと。もう一つは、『みみ』の国であった投馬国は、宮崎にあった可能性が非常に高いことです。では、神武の東征はいつごろの出来事だったのでしょう？　卑弥呼以前だったのか。卑弥呼と同時代だったのか。卑弥呼以後だったのか。これによって、二つのヤマト問題の答えが変わってきます」

「なぜだ？」

「僕らは大きな勘違いをしていたようです。二つのヤマト問題を解決するには、なにも九州勢力が東遷する必要はなかったんですよ。纏向勢力が九州の邪馬台連合を征服して、ヤマトという名前を奪った可能性もあるんです」

私は言葉を失った。そんな説は今まで頭を掠《かす》めたこともなかった。

「たとえば自民党が敗れて、ほかの政党が政権を奪っても、対外的には日本は日本のままですよね。ミャンマーでクーデターが起きても、対外的にはミャンマーはミャンマーのままです。それはヤマトも同じです。新支配者は国名を引き継ぐメリットの方が大きければそれを引き継ぎます。前政権が諸外国に対して積み上げてきた成果や信頼も引き継げるからです」

「もし神武の東征が、邪馬台国以前の出来事だったらどうなる?」

「神武は九州の邪馬台国を知らなかったのだから、のちに大和朝廷がヤマトの名前を奪った可能性が高い」

「もし邪馬台国以後の出来事だったら?」

「日向で生まれ育った神武は当然、邪馬台国のことを知っていたでしょう。すると東征のときに持っていったか、やはりあとから奪ったことになります」

「そのどちらかか」

「いえ、先ほども言ったとおり三つ目の可能性もあります。卑弥呼と神武が同時代だったケースです」

「その場合はどうなる?」

「要検討です。〝夢〟としては複雑すぎて、慎重な解釈が必要となります」

「たしか記紀には、『神武の時代には、大和地方はヤマトと名乗っていた』とあったはずだが……」

「それも検討の余地ありだと思っています。というのも、おそらく記紀にも〝検閲官〟がいて、大和朝廷に都合が悪いことを隠蔽している可能性が高いからです。

いずれにせよ、邪馬台国問題は95％解決しました。しかし日本古代史の〝夢〟は圧縮され、暗示され、隠され、時空が入り組んでいます。その解釈に最も必要なカギは、神武の東征の年代です。それが分かれば最高の補助線となり、残りの５％も解決できるでしょう。そのことに気づかせてくれた叔母さんに感謝です」

「妻と、耳か」

「ええ」

「お前の無意識は、とうの昔にそれに気づいていたのか？」

「おそらく。それで『お前はツマやミミという音を気にしてたぞ』ということと、『宮崎平野と神武の東征の重要性を無視してないか』ということを繋げてくれたんでしょうね。そもそも僕は本件の初めから、通音、かぶり、ダブルミーニングが気になっていたんですよ。

たとえば邪馬台と大和。

たとえば妻と投馬。

たとえば二つの奴国。

たとえば〝男弟〟と〝男一人あり〟。

こうしたことが、今回のエジソン・チェアの結果の呼び水になったのかもしれません。すべてのことは繋がっているんです。魏志倭人伝と記紀もね。叔父さん、それを僕と一緒に解きませんか」

「どういうことだ？」

「延長戦に突入です。僕は半年後に日本へ戻ってきます。それまでに神武の東征について勉強してきますから、あらためて残された課題を詰めませんか。叔父さんが本を書くのは、それからでも間に合います？」

「ああ、間に合う」

私はもう、本を書くことについて躊躇《ためら》ってはいなかった。それどころか、今からアスカの〝帰省〟が待ち遠しい気持ちが芽生えていた。アスカが新たな社会へ通じる道を示してくれたのだ。

「お前はずいぶん前から九州説だったんだろう？」

「ええ」

「じゃあなんで纏向を訪れたんだ？」

「確認したかったんです。纏向が山門＝山の玄関口にふさわしい土地かどうか。もしふさわしい土地なら、ヤマトという地名が自然発生した可能性が残る」

「ふさわしくなかったら？」

「九州から〝輸入〟した可能性が高まる」

「結果はどうだった？」

「ふさわしい土地でした。でも考えてみたら日本は山だらけの国だから、叔父さんがおっしゃる通り〝山門〟はどこに発生してもおかしくないんですよね。このネーミングまで含めて、魏志倭人伝は本当によくできたミステリーです」

「たしかに」

里見を見ると、うとうと居眠りしていた。朝から夢の国を駆けずりまわって疲れているのだろう。「待たせて悪かったな」と揺り起こすと、「んあ?」と目覚めた。「あ、終わりました? わたしたちもそろそろ失礼しないと」

里見と娘さんを見送ったあと、メイには部屋で休んでもらうことにした。

そして私とアスカは、銀座の路地裏のバーへと繰り出した。正真正銘の最終講義だ。

「マティーニ」

「ゴッドファーザー」

二人でカクテルを注文したあと、

「あれ、開けてもいいか?」と私はたずねた。

アスカが頷いたので、財布にしまってあった箸袋を開いた。そこにはこう書かれていた。

〝白い服を着た叔母さんが現れる〟

私は予言が当たったことには驚かなかった。アスカの表情から、すでに的中を知っているのだろうと見当がついたからだ。私は箸袋をおみくじの結果のように見つめながら言った。

「じつはさっきお前がエジソン・チェアをしているあいだ、俺も妻の夢を見ていたんだよ。そのときも妻は白い服を着ていた」

アスカが、へぇ、という顔をした。

「なにかアクションはありましたか？」

「『まだわからないの？』と言われた」

「叔父さんはなんて答えたんです？」

「なにも。だけど『これは卑弥呼だ』って思った」

「ようやく気づかれました」

「なんだって？」

アスカは知っていたというのか。私の夢に出てくる妻が卑弥呼で、卑弥呼が妻だということを。そのことをたずねると、アスカはカクテルを傾けながら静かに頷いた。

「叔母さんと卑弥呼は、叔父さんにとって〝グレート・マザー〟ですからね」

「いつから気づいていたんだ？」

「初めて夢ノートを拝見した時からです。叔父さんは夢の中で、先ほどのホテルのバーを3人で訪れたことがありましたね。そのとき叔母さんは白いワンピースを着ていた。あ、これは卑弥呼の服じゃないかな、って連想したんです。それ以前に叔父さんの夢に現れた卑弥呼も白い服を着ていたから。たいへんわかりやすい圧縮ですよ。これは繰り返し現れるパターンだろうと思いました」

「だからお前は、なるべく俺に夢のディテールを書き留めるように指示したのか？」

「そうです。すると卑弥呼が叔父さんに『私《わらわ》は、お前が思うような所にいる』と告げた意味もわかってきました。あれは叔母さんからのメッセージでもあったんですよ。正確に言えば、叔父さんの〝無意識〟が、叔母さんにそう言って欲しいと願っているメッセージですが」

「なんだかややこしいな」

「そんなの朝飯前ですよ、夢にとっては」

「で、俺は妻になんて言って欲しかったんだ？」

そこでアスカは一呼吸おいた。

そして、二呼吸おいた。

とても言いづらいことなのだ、と私は気づかされた。

アスカは覚悟を決めたように口を開いた。

「叔父さんは叔母さんにこう言って欲しかったんです。『あなたは、卑弥呼はここに居たと思う場所を本に書いて、第2の人生を楽しんで下さい』と。つまり叔父さんの〝検閲官〟が隠したかったものは、『叔母さんを亡くしたあとも生きたいと願う後ろめたさ』です。あるいは——気を悪くしないで下さいね。どこかで一人暮らしを楽しんでいる自分とか」

私は胸を衝《つ》かれた。

「……いつからそんなふうに？」

そうたずねるのが精一杯だった。

「結婚式で、階段から落ちる夢の話を聞いたときからです。叔父さんは階段を踏み外して深いところへ落ちてゆくのに、そこで待ち構えている叔母さんは一言も発しない。不機嫌ですらある。これは叔父さんの気持ちの表れじゃないだろうかと思ったんです。叔母さんの待っている所へ早く逝きたい気持ちもある。けれども、あなたにはまだ現世《そちら》でやるべきことがあるでしょ？　と言ってもらいたくもある、というような。

叔父さんはもっと生きたいんですよ。

この現世を。セカンドキャリアを。老後の自分を。

だけど大学で自分の子供のような年齢の学生たちに囲まれ、楽しく生きることが、叔母さんに対する裏切りのように感じられていたんじゃないかな。現実に子供を持てなかったこともあって。……叔父さんは叔母さんのことを、本当に愛していたんですね」

アスカの声がくぐもった。見ると青い瞳にはうっすら滴《しずく》が泛《う》かんでいた。

私の胸も決壊してしまいそうだった。自分の気持ちなんて、どうせ自分にだって分かりはしないのだろう。だからいまは、アスカの解釈を受け容《い》れようと思った。

叔母さんが好きだったカクテルは？　と訊かれたので、モスコミュールだと答えた。するとアスカはそれを注文し、私たちのあいだに置いた。

「今日は三人で飲みましょう。叔母さんのは、あとで僕が頂きますから」

アスカはそう微笑んだあと、〝診断〟を続けた。

「だけど叔父さんの夢には、はっきり変化が現れてきました。叔母さんと会う場所が地底から、ホテルの最上階のバーや、山登りや、吊り橋という高い所に出てきたでしょう？　あれは息詰まる地底から抜け出して、深ぶかと呼吸をしたいという意志の表れです。あと、これは言いづらいんですが、山登りはパートナーとの性的なものの象徴であると言われています。そして滝や海などの〝水もの〟は出産の象徴。僕らの不妊治療の話のあとだったんで、そんな夢を見たのでしょう」

「だから俺の夢は素直だって言ったのか」

「ええ。いずれにせよ、夢は本来、未来志向なものです。だから『卑弥呼《わらわ》のいる場所』をいっしょに突き止めましょう。それは叔父さんにとって、叔母さんと再び巡り合うことを意味します。夢解釈においてはね。どちらも〝永遠の女性〟の象徴ですから。ところでまだ指輪を買えるところってありますか？」

私はすぐにピンときた。「お前の永遠の女性へのプレゼントか？」とたずねると、アスカはこくんと頷いた。

「She is my dream――本当に大切なものに、叔父さんと叔母さんが気づかせてくれました。部屋に戻ったらメイに言おうと思います。『僕のツマになってくれない?』って。なんだか今回はこのために日本へ呼ばれた気がしてるんです」

私たちはカクテルを飲み干すと、GINZA SIXに駆け込んだ。

アスカは熱心に店員さんからジュエリーの説明をうけた。私はその傍《かたわ》らで、じつに久しぶりに、目の前に原野が広がっているような開放感を味わっていた。

思えばアスカが私にメイを紹介した瞬間から、「メイと芽衣子」はシンクロを奏《かな》で、私たちの「つま」を巡る夢物語も新章に突入しつつあったのかもしれない。


アスカが帰国する日、里見と娘さんも一緒に成田へ見送りに来てくれた。

メイと里見の娘さんは、涙ぐみながら抱擁を交わした。娘さんの背中に回したメイの薬指には、しっかり指輪がはめられていた。

私もアスカと握手を交わした。

「お前の結論が九州でよかったよ。じつは俺が招かれているのは九州の大学でな。そこで畿内説を唱えなきゃいかんハメになったら、と思うとゾッとするよ」

「ははは。これもシンクロですかね。ともかくも僕のような古代史のペーパードライバーの仮説にお付き合い下さって、本当にありがとうございました」

「なあに。お前はいろいろ見越して、志願してくれたんだろ？」

私もホテルのバーで思いついた仮説をぶつけてみたが、アスカは手を振って笑うだけだった。しかし私は、アスカがなんらかの気づきをもたらすために、私との交換講義を提案してくれたことを疑わなかった。

「ひとつだけ残念なお知らせがあります。それは今後、叔母さんの夢を見る機会は自然と減っていくだろう、ということです」

「なぜ減っていくんだ？」

「叔父さんが夢の意味に気づいたからです。〈自分から自分への手紙〉の意味にね。そこで叔母さんの夢は、いったん役割を終えました」

「……それは俺の〝成長〟なんだろ？」

「ええ」

ゲートへ去る二人を見送りながら、私はそのうちアスカと宮崎へ旅立つ夢を見るのではないかという予感がした。しばしのお別れだが、夢でならいつでも逢える。すべてのことは繋がっているのだ。そこに時空は関係ない。

妻は私の憧れだった。

しかしいま、彼女は私の希望である。

主要参考文献

『正史 三国志 4』（陳寿　今鷹真・井波律子訳　ちくま学芸文庫）
『倭人伝を読みなおす』（森浩一　ちくま新書）
『邪馬台国』（松本清張　講談社文庫）
『松本清張〈倭と古代アジア〉史考』（久米雅雄監修　アーツアンドクラフツ）
『邪馬台国　中国人はこう読む』（謝銘仁　徳間文庫）
『卑弥呼の謎』（安本美典　講談社現代新書）
『古代中国の24時間』（柿沼陽平　中公新書）
『夢を見るとき脳は』（A・ザドラ　R・スティックゴールド　藤井留美訳　紀伊國屋書店）
『サピエンス全史〈上・下〉』（ユヴァル・ノア・ハラリ　柴田裕之訳　河出書房新社）

＊その他、数多くの書籍とサイトを参照しました。　著者

91ページに掲載された『環日本海・東アジア諸国図』は富山県が作成した地図を転載したものです。

作中の訓み下しと訳は著者によります。

装幀　片岡忠彦
装画　沖田里菜

本書は書き下ろしです

平岡陽明

1977年生まれ。慶應義塾大学文学部卒業。出版社勤務を経て、2013年『松田さんの181日』で第93回オール讀物新人賞を受賞し、デビュー。19年刊行の『ロス男』（文庫化時改題『僕が死ぬまでにしたいこと』）で第41回吉川英治文学新人賞候補。22年刊行の『素数とバレーボール』は、「本の雑誌」が選んだ「2022年度エンターテインメントベスト10」第3位。他の著書に『ライオンズ、1958。』『イシマル書房 編集部』『道をたずねる』『ぼくもだよ。――神楽坂の奇跡の木曜日』がある。

眠《ねむ》る邪馬台国《やまたいこく》
――夢見《ゆめみ》る探偵《たんてい》 高宮《たかみや》アスカ

2023年3月25日　初版発行

著　者　平岡陽明《ひらおかようめい》

発行者　安部順一

発行所　中央公論新社

〒100-8152　東京都千代田区大手町1-7-1
電話　販売 03-5299-1730　編集 03-5299-1740
URL https://www.chuko.co.jp/

ＤＴＰ　平面惑星
印　刷　大日本印刷
製　本　小泉製本


Published by CHUOKORON-SHINSHA, INC.
Printed in Japan　ISBN978-4-12-005643-7 C0093

中央公論新社の本

# 花は散っても

坂井希久子

夫に見切りを付け、家を出て着物のネットショップを営む美佐。あるとき実家の蔵で、祖母のものにしては小さい着物と、謎の美少女が写る写真を見つけるが——。

単行本

身もこがれつつ
小倉山の百人一首

周防 柳

「百人一首」にはなぜあの百首が選ばれたのか？　同じく藤原定家選の「百人秀歌」と数首異なる理由とは？　鎌倉時代前期末の史実を背景に、その謎を解き明かす。中山義秀文学賞受賞作。

単行本

# 幸村を討て

今村翔吾

真田父子と、徳川家康、伊達政宗、毛利勝永らの思惑が交錯する大坂の陣——誰も知らない真田幸村の真の姿に迫る、ミステリアスな戦国万華鏡。直木賞受賞第一作。

単行本

# 夢幻

上田秀人

徳川家康と嫡子・信康、織田信長と嫡子・信忠——。
偉大な父を持つ後継者と天下人との相克を横糸に、
「本能寺の変」までの両家の因縁を縦糸に紡ぐ、骨太な戦国絵巻。

単行本